Monika Nebl

Mords-Trara

Krimi-Minnies erster Fall
Ein Wasserburg-am-Inn-Regionalkrimi

EyeDoo Verlag Publishing

c/o Verlag EyeDoo Publishing
Berger Str. 26, 83556 Griesstätt
www.eyedoo.biz

2. Print-Auflage
ISBN: 978-3966989008

Print- und Onlinegestaltung: Günter Nebl
Bildnachweis: © Lazartivan – stock.adobe.com
Bildnachweis: © K.-U. Häßler – stock.adobe.com
Bildnachweis: © Fotoatelier G. Nebl
Druck: booksfactory, Polen
Lektorat: Michael Reinelt
Korrektorat: Ursula Ammersbach

www.monika-nebl.de

Für den sanftesten Opa »Mach wat, Hans!« der Welt
und die energische und emotionale »Ach-Omi«:
Ihr wart ein wichtiger Teil meiner Kindheit!

Ich bedanke mich wieder einmal bei Michael und Ursi für ihre
unglaublich wertvolle Korrekturarbeit und Kritik
trotz der schweren Zeiten durch Corona
sowie bei meinen Testleserinnen und -lesern, die hoffentlich
alle unbeabsichtigten Ungereimtheiten aufgedeckt haben.

Mein Dank geht auch
an Ilona für die Horoskope und Charakterisierungen sowie die
spannende Wasserburgführung, an Sylvia, deren Figuren im
Wasserburger Laden die Idee zu Minnies Hauptjob zündeten,
und an Beate für die hilfreichen Töpfertipps.

Einen besonderen Einfluss auf das Buch und Minnies
Geschichte hat mein Mann – diesmal nicht nur durch die
Covererstellung: Lieber Schatz, ohne die Inspirationen durch
dich im täglichen Leben wäre mir der Alex niemals so gelungen.

Zur Autorin

Bei einem kurzen Stopp in Wasserburg am Inn sagte die damalige Münchnerin spontan: »Hier würde ich so gerne leben!« Drei Jahre später war es so weit. Seit 2000 lebt Monika Nebl im nahen Einzugsgebiet und saust gerne mit der Vespa in die »nördlichste Stadt Italiens«, wo sie das Flair zwischen Mittelalter und Moderne genießt.

Die Autorin hat bereits über 20 Bücher veröffentlicht und ist dabei vielseitig unterwegs.

Wasserburgs Gassen und Mauern dienen als mystische Vorlagen in ihren Fantasyromanen (geschrieben unter Pseudonym Ainoah Jace).

Ihr Fernweh lindert sie mit ihren Romantikthrillern, deren Handlungen den Leser in andere Teile der Erde entführen (geschrieben unter Pseudonym Katie S. Farrell).

Ihre Reisen und wie sich diese in ihre Bücher schmuggeln, beschreibt sie im Bildband »Geschichten im Gepäck«.

Und nach einigen Kurzgeschichten für zwei Anthologien mit den »Rosenheimer Autoren« war sie plötzlich da:
die Lust, einen Lokalkrimi zu schreiben.
Das war die Geburtsstunde der »Krimi-Minnie«, ihrer Freunde und des Verbrechens in Wasserburg ...

Warum ein weiterer bayerischer Lokalkrimi?
Ich habe bisher Fantasy und Romantikthriller geschrieben und vermute: Meine Minnie hat mich einfach in ihren Bann gezogen.
Außerdem ist Wasserburg als Schauplatz wie für einen Krimi gemacht.

Falls ein bairisches Wort (sparsam verwendet) nicht selbsterklärend ist, findet ihr im Anhang ein kleines alphabetisches Glossar, denn dieses Buch soll nicht nur Bayern Vergnügen bereiten. Wichtig ist mir, die bairische Sprache nicht zu »verhunzen«, ich habe mein Möglichstes getan.
Auch liegt der Humor keineswegs auf der woanders häufig übertrieben dargestellten Charakterisierung eines »Null-acht-fuchzehn«-Bayern. Minnie und Co. sind (fast) normale Bewohner einer oberbayerischen Stadt.

Inhaltsverzeichnis:

Der Anfang alles Bösen

Die beiden Männer fuhren durch die bayerische Sommernacht, doch sie beachteten den Sternenhimmel über sich nicht. Das funkelnde Firmament lenkte sie keine Sekunde von ihren düsteren Gedanken ab.

Der Fahrer bog von der Autobahn ab und steuerte Rosenheim an. Er warf seinem Partner einen schnellen Blick zu, konnte aber im Dunklen dessen Gesicht nicht erkennen. Er wusste jedoch auch so, wie nervös der andere war. Er hasste es, mit unerfahrenen Neulingen zu arbeiten. Der Vorteil an diesem hier war, dass er Respekt hatte. Vor ihm. Diese Erfahrung war ihm bisher verwehrt geblieben. Nicht einmal seine Freundin hatte Respekt. Also bis zu dem Moment, als er ihr den Marsch geblasen hatte. Seitdem bekam sie ihre freche Goschn nicht mehr so leicht auf. Er hatte nie zuvor eine Frau geschlagen, aber das war es wert gewesen. Das Schweigen und der respektvolle Blick.

Und nun hatte er den Schisser, den größten Angsthasen der Firma am Hals. Er brauchte ihn. Auf das junge, hübsche Gesicht mit den arglos wirkenden blauen Augen fielen die

Damen, besonders ältere, reihenweise herein. Und das brachte die Kohle.

»Jetzt hab dich nicht so! Es sind nur ein paar Tage, dann haben wir das Geld zusammen.«

»Ob das reicht? Kersthoff ist nicht für seine Geduld bekannt. Denk nur daran, was er diesem Italiener angetan hat, der nicht rechtzeitig Schutzgeld bezahlt hat.«

»Ja, aber wir gehören doch zu seinem Personal. Da werden wir wohl etwas Aufschub bekommen.«

Sein Beifahrer schwieg.

Der Fahrer setzte gereizt hinzu: »Du bist so ein Weichei, wir sind noch nicht mal in Verzug.«

»Der Italiener hätte auch noch zwei Tage Zeit gehabt.«

»Außerdem hab ich was gut beim Boss. Jetzt sei still, du nervst. In einer halben Stunde sind wir in Wasserburg. Neues Pflaster, neue Opfer.«

Der Schisser traute sich nicht mehr, auch nur ein Wort zu sagen. Seine Gedanken richteten sich auf das Zuhause, das er verlassen hatte. Abenteuer hatte er erleben wollen. Er konnte nicht klagen, denn jetzt steckte er tief in einem drin. Viel zu tief.

Von Boxern, Betrügern und der Kunst

Wasserburg am Inn im Juli

Es ist stockdunkel, als ich mit Herzrasen hochfahre. Ich sitze im Bett wie ein aufgeschreckter Hase. Mein Blick huscht durchs Zimmer, nachdem ich endlich den Lichtschalter gefunden habe. Was hat mich geweckt?

Die Müllabfuhr, die heute um halb sieben in der Altstadt unterwegs ist und von der ich den Eindruck habe, dass sie unter meinen Fenstern immer besonders lange ihren Rüttler betätigt? Was möglicherweise tatsächlich so ist. Denn meist klebt viel graue Masse – sprich künstlerisch nicht verwertbares Rohmaterial aus meiner Töpferei – in meiner Mülltonne.

Meine bebenden Finger ertasten das Handy auf dem Nachttisch. Natürlich rutscht es mir aus der Hand, aber ich erwische es, bevor es auf den Boden knallt. Erst fünf Uhr – also sind die Müllmänner schuldlos.

Ich lausche gespannt, mein Hals ist trocken, und das Schlucken fällt mir schwer. Das Gurren der Tauben auf dem

Dach gegenüber klingt laut durch die sommerliche Morgendämmerung, noch lauter folgt die Kirchturmuhr von Sankt Jakob. Im Haus knarzt eine Stiege. Das ist nicht ungewöhnlich, denn die Stufen knarzen sogar, wenn keiner auf die schiefen Dinger tritt. Oder ist da jemand zu dieser Zeit unterwegs?

In meiner Altbauwohnung im vierten Stock eines schmalen Hauses zwischen anderen schmalen Häusern in Wasserburg am Inn wohnen nicht allzu viele Leute. Unter mir im dritten Stock wäre da die Frau Kreuzpointner, die fängt mit dem knarzenden Wandern so gegen fünf Uhr dreißig an. Weil sie das Kreuzweh nicht länger schlafen lässt. Das weiß ich, weil sie mir alles – jedes Wehwehchen – haarklein berichtet. Wenn ich sie ließe, sogar minütlich.

Im zweiten Stock sind neulich zwei Jungs eingezogen, die sich mit einer Eventfirma selbstständig gemacht haben. Davon gibt es einige in der Gegend. Und Wasserburg hat nicht wenige Events.

Lange dauert es nicht mehr, dann ist es Ende Juli: Zeit für das Weinfest und den Nachtflohmarkt. Und damit für jede Menge Besucher. Wasserburg wird überflutet, nicht mit Wasser wie beim Frühjahrshochwasser, sondern mit Flohmarktverrückten, die ihren Stand mit Laternen, Kerzen und Lampen aller Art erhellen. So können die vielen Gäste bis weit in die Nacht sehen, welcher Grusch aus dem urgroßelterlichen Keller präsentiert wird. Ich gehöre übrigens auch meist zu denen, die hinter einem Tischlein sitzen, aber ich mache meine eigene Flohmarktware. Und die geht an einem solchen Abend gut weg.

Wieder knarzt es. Ganz deutlich. Ist einer der Chuans schon auf dem Weg in die Frühschicht?

Die thailändische Familie Chuan wohnt im ersten Stock.

Sie ist eine kleine Familie. Klein ist in diesem Fall zweideutig gemeint: Mutter, Vater, ein Kind, alle unter 1,60. Und stets gut gelaunt. Mein Freund Alex – über 1,80 groß – meinte mal, dass kleine Leute sich zwischen großen Problemen leichter durchwuseln und sich daher nicht aufregen müssen. Darauf folgte sein freches Grinsen, als er mich – auch nur 1,65 hoch gewachsen – von oben bis unten musterte. »Ich versteh eh nicht, warum *du* dich immer so aufregst, Minnie.«

Dabei ist das gar nicht wahr!

Ich bin klein und nicht aus der Ruhe zu bringen. Was für seine Aussage über die kleinen Leute spricht. Wenn ich allerdings nur »künstlerischen Müll« produziere oder es um fünf Uhr im Haus knarzt, rege ich mich tatsächlich auf. Und Minnie heiße ich nicht, weil ich so klein bin, sondern weil meine Mutter etwas seltsam ist.

Jetzt kommt das Knarzen von der Frau Kreuzpointner unter mir dazu. Meine Ohren werden länger, weil es schon sehr ungewöhnlich ist, dass sie zur Wohnungstür geht und diese öffnet.

»Hallo, ist da wer?«

Das gibt es nicht! Sie schreit durchs Treppenhaus. Um fünf Uhr früh! Ich stehe seufzend und immer noch ein bisserl zittrig auf und schaue auch ins Treppenhaus.

»Frau Kreuzpointner, was ist denn los?«

Ich versuche es ohne Schreien, sie jedoch plärrt zurück: »Mei, Minnie, da war einer vor meiner Tür. Vielleicht einer von den Sammlern gestern. Die wollten noch mal kommen, weil ich kein Geld dahatte.«

»Ja, aber doch ned mitten in der Nacht, Frau Kreuzpointner.«

»Ja, da hast du recht. Dann war das ein Einbrecher!«

»Auf jeden Fall ist er weg.«

Das ist sicher, weil ich eilige Schritte auf der Treppe und danach das Schlagen der Haustür gehört habe. Eigentlich sollte unten nachts zugesperrt sein. Möglicherweise hat einer gewartet, bis unser Molkereifachmann zur Frühschicht gegangen ist?

Ich beuge mich über das Geländer und sehe direkt in die weit aufgerissenen Augen meiner Unter-mir-Nachbarin.

»Frau Kreuzpointner, ich geh schnell runter und sperr ab, in Ordnung? Und dann schlafen wir beide noch ein bisserl.«

Sie nickt hektisch und sagt kein Wort, sie hat also wirklich Angst. Normalerweise ist sie nämlich nicht auf den Mund gefallen. Und sie hätte unter Garantie meine Strickjacke beziehungsweise den kurzen Jumpsuit, Alex nennt ihn neckend Spielanzug, darunter kommentiert. Aber nicht heute.

Als ich die Treppen hinuntertappe, geht die Beleuchtung im Innenhof aus. Unwillkürlich bleibe ich stehen. Und wenn doch noch einer da ist und lauert? Die Lichter der Stadt dringen nicht bis hierher vor. Vorsichtig schleiche ich vorwärts, die Hand an der Wand, bis ich den nächsten Lichtschalter erreiche. Mein Herz rast, nachdem es eben erst vom Galopp in einen ruhigen Trab übergegangen war. Dann wage ich mich weiter bis ins Erdgeschoss, immer mit misstrauischem Blick in die Runde. Uhu sein wäre jetzt nicht verkehrt, 360 Grad Kopfdrehung gibt einem Sicherheit. Ich sehe niemanden und sperre die Außentür zum Gehweg unter den Arkaden zu.

Frau Kreuzpointner wartet, bis ich bei ihr vorbeikomme. Mit einem Gähnen sage ich: »Gehen's wieder ins Bett, es kann nichts passieren.«

»Danke, Minnie.«

»Gern geschehen«, erwidere ich höflich, auch wenn das ein bisschen gelogen ist. Bevor ich auf meiner Etage ankomme, fällt mir was ein.

»Frau Kreuzpointner, Sie geben aber keinem Fremden Geld mit oder lassen ihn in die Wohnung, gell?«

»Nein, nein, Minnie. Du kennst mich doch.«

Eben, denke ich und nehme mir vor, morgen ein Auge auf diese Sammler zu werfen.

Allerdings kommt mir am nächsten Tag erst einmal meine Arbeit dazwischen. Und danach ist es zu spät.

Einige sagen »Baazlerei« zu meinem Job. Natürlich nicht die Kunstverständigen, von denen es viel zu wenige in meinem direkten Umfeld gibt.

In Wirklichkeit bin ich Keramikerin und betreibe eine Töpferei im Erdgeschoss des Hauses, in dem ich lebe. Die Räumlichkeiten teile ich mir mit einem Haustierbedarfsgeschäft, dessen Chef Franz ein fauler Hund ist.

Ihm gehört der Bereich des Erdgeschosses, der unter den Arkaden Richtung Marienplatz liegt – wo auch die Kunden vorbeispazieren – und ich arbeite in meinem Atelier nach hinten hinaus zum Inn.

Nebenbei ist der Franz seit vergangenem Jahr zusätzlich unser Hausmeister, aber für diese Arbeit noch ungeeigneter als für den Verkauf.

Er kehrt im Sommer ab und zu und beseitigt im Winter Schnee durch Salzstreuen. Deshalb hatten wir des Öfteren ernsthaften Streit. Kann man nicht erst räumen und anschließend Splitt streuen? Das stählt die Muskeln und schont die Umwelt!

Ansonsten informiert er entsprechende Firmen, falls mal die Heizung ausfällt oder ein Rollo kaputtgeht. Er sperrt den Keller auf, wenn Öl geliefert wird. Das war es dann schon ziemlich. Denn Franz ist bereits mit einer lockeren Türklinke überfordert. Deren Reparatur übernehme meist ich, weil es mir in der Seele weh tut, wenn meine Mutter sogar dafür zahlen muss.

Mich wundert auch, dass er bei dem Bewegungsmangel und der kalorienreichen Lebensführung so dürr ist. Der Franz geht gern mal nach nebenan in die Eisdiele. Da sieht er nicht immer, wenn Kundschaft kommt. Also bin ich inzwischen ebenfalls in Hundeleinenverkaufsberatung und Bedienen der Kasse geübt.

Immerhin sind Hundeleinen, Futternäpfe und Co. zu gleichen Teilen mit meinen Töpferwerken im Schaufenster vertreten, was gar nicht so schlecht passt: Ich habe mich nämlich auf Tiere spezialisiert.

Ja, es existieren natürlich auch Tassen und Teller, Salatschüsseln und Co., auf deren Unterseite mein Logo, ein Wolpertinger, mit meinen Initialen M. M. steht. Berühmte Initialen, die in meinem Fall Minnie Mayrhofer bedeuten. Eigentlich müsste es A. M. heißen, für Arminia Mayrhofer. Arminia, die starke Heldenhafte. Aber so stark, wie meine Mutter das gerne hätte, bin ich nicht. Und weil ich so vielseitig bin und entsprechend töpfere, ist der Wolpertinger eben mein Logo.

Was ein Wolpertinger ist? Na, DAS urbayerische Viecherl neben dem Tatzelwurm, dem Drachenähnlichen.

Ein Wolpertinger ist sehr flexibel, was manch einer fälschlicherweise dem Bayern abspricht. Er kann Hasen- oder Fuchsohren haben. Also der Wolpertinger, nicht der Bayer. Er besitzt Flügel oder ein Hasenschwanzerl, manchmal auch Fischschuppen und ein Rehbockgeweih.

Meiner auf dem Logo ist die niedliche Variante mit den Hasenohren und dem kleinen Geweih eines jungen Hirsches.

Ironischerweise ist meine Mutter die Hauseigentümerin, sie hätte mir sehr wohl die bessere Hälfte des Ladens geben können. Sie betrachtet es stattdessen als ihre mütterliche

Pflicht, der sie leider nur zu gerne in allen Bereichen nachkommt, mich zu einer »vernünftigen«, sprich einträglichen Arbeit zu zwingen. Ich leide an chronischem Geldmangel, weshalb sie nichts von meinem Job hält. Meinen Jobs – Plural. Denn ich bin nebenbei Autorin, Spülhilfe im Eiscafé und manchmal springe ich als Stadtführerin ein.

Ab und zu bekomme ich lukrative Aufträge und darf zum Beispiel den Lieblingswuffi einer Dame nachformen. Das bringt Geld und meistens Spaß.

Aktuell töpfere ich den Boxer der Frau Wegner, allerdings verzweifle ich an den Lefzen des Sabberhundes. Dabei sinniere ich über die kuriosen Wirren des Schicksals.

Meine Mutter Traudl hat einen ebenso brotlosen Job wie ich, sie ist Sterndeuterin. Mein Vater hat sich aus dem Staub gemacht, als ich unterwegs war, deshalb hat sie sich klug verheiratet. Ich sage Traudl – nicht Mutter oder Mama – seit ich denken kann, weil sie es sich immer verbeten hat. Einen triftigen Grund gibt es nicht, außer man akzeptiert, dass diese Bezeichnung eine Frau schlagartig altern lässt.

Jetzt ist Traudl wieder geschieden. Sie hat ihren reichen Autohausbesitzer aber nicht an seine Sekretärin oder eine Schickimickimaus verloren. Nein, hier eine weitere Kuriosität: Eine andere Sterndeuterin hat ihr den BMW-Fuzzi weggeschnappt. Deren Deutungen haben ihm angeblich besser gepasst. Ich bin mal bösartig und mache das D-Körbchen der Dame im Vergleich zum B-Körbchen meiner Mutter mitverantwortlich.

Traudl lebt fröhlich von einer großartigen Abfindung, zu der das Haus in Wasserburg gehört. Schmal, jedoch beste Lage.

Ich könnte mich doch auch klug verheiraten, ist ihr Vorschlag. Könnte ich tatsächlich. Ich liebe meinen Freund Alex, obwohl ich keine Banker mag.

Wahrscheinlich weil das der Job war, den meine Mutter für mich ausgesucht und in dem ich es zwei Monate ausgehalten hatte. Dann habe ich hingeschmissen. Kostümchen und Zahlen sind nicht mein Ding.

Witzigerweise hat sich Alex, der stellvertretende Filialleiter, erst für mich interessiert, als ich ausgestiegen war. Meine Überlegung war, dass es ihm vorher peinlich gewesen wäre. Da spricht dagegen, dass er mich immer wieder einlädt, an beruflichen Events teilzunehmen. Ab und zu begleite ich ihn, weil es mir echt Spaß macht, Leute ein bisserl aufzumischen. Und nachdem Alex mich da selten schimpft, vermute ich, es steckt auch ein winziger rebellischer Nichtbanker in ihm, trotz der Anzüge und Krawatten.

Ich stehe eben an der Kasse des nichtanwesenden Franz – der war doch gerade noch da? – und kassiere Hundeleckerli ab, da sehe ich, wie aus der Tür zu unserem Innenhof zwei junge Männer kommen. Sind das die Sammler der Frau Kreuzpointner? Einer ist groß und dünn, der andere etwas kleiner mit einer Schirmmütze, unter der blondes Haar hervorlugt.

Sie tragen ein T-Shirt mit Aufdruck einer Schutzorganisation »Ursprünglicher Wald«. Die beiden habe ich nie zuvor gesehen, obwohl ich die Wasserburger in Feuerwehr, Trachtenverein, Johanniter und Co. kenne. Die Organisation ist mir auch neu.

Rasch verabschiede ich mich von dem Kunden und sause hinaus und hinter den Männern her.

»Hallo, Moment mal«, rufe ich. Sie ignorieren mich, aber ihre Schritte werden schneller.

»Hey! Waldschützer, wartet doch mal kurz.«

Sie zögern, dann bleibt der Große stehen, der Kleinere geht flott weiter. Der Höflichere der beiden ist jünger als ich, etwa Anfang zwanzig. Blonde Haare, hellblaue Augen, blasses hübsches Gesicht. »Meinst du mich?«

»Ja, ich hab gesehen, dass ihr aus meinem Hausgang gekommen seid. Sammelt ihr für diesen Waldschutzverband?«

Er nickt und hält mir ein Kärtchen hin. Eingeschweißt, mit Stempel, ein Name ist jedoch nicht darauf.

»Aha, euch und eure Organisation kenne ich gar nicht, woher seid ihr denn?«

Er zögert kurz, antwortet aber dann freundlich: »Aus der Nähe von Kiefersfelden. Die Wälder in den Alpen müssen vor den Wanderern und Skifahrern geschützt werden. Es braucht Geld für Aufforstung und Absperrungen.«

»Ja, das mag sein. Allerdings ist Wasserburg ja nicht grad nah an Kiefersfelden.«

»Wir sind viel unterwegs.«

»Macht ihr das hauptberuflich?«

Sein Blick wird misstrauisch und folgt seinem Kollegen, der eben ums Eck Richtung Brucktor verschwindet.

»Hat er es eilig?«, frage ich mit unschuldigem Augenaufschlag. Den beherrsche ich, doch der junge Mann ist immun.

»Ja, und ich eigentlich auch.«

Was keine Antwort auf meine erste Frage ist.

»Oh das tut mir leid. Ich interessiere mich halt für eure Aktion. Habt ihr bei meiner Nachbarin gesammelt?«

»Die Dame im dritten Stock? Ja, die hat uns netterweise zehn Euro gegeben, schau.«

Er zeigt mir eine Liste, in der der Betrag und die Unterschrift von der Frau Kreuzpointner abzulesen sind. Na gut, da kann man wohl nix dagegen haben.

Ich nicke freundlich. »Na dann einen schönen Tag.«

Er bittet mich nicht um eine Spende, trotz meines Interesses. Das macht mich doch ein bisserl misstrauisch. Nach kurzem Zögern sperre ich den Laden ab, nachdem ich das Schild »Bin gleich zurück« hingehängt habe, und folge der Schirmmütze in großem Abstand.

Im Schatten des Brucktors warte ich, bis er seinen Kollegen eingeholt hat und mit ihm in Richtung Parkhaus eilt. Schnell überquere auch ich die Rote Brücke.

Als ich das Parkhaus erreiche und mich gerade hinter der Statue des Heiligen Nepomuk vor der Bootsanlegestelle befinde, höre ich das typische Quietschen von Reifen auf dem Parkhausboden.

Gleich darauf fahren die beiden Sammler in einem roten – warum eigentlich kein grüner? – Saab an mir vorbei. Das Kennzeichen hat mit Kiefersfelden nichts zu tun. Es lautet BGL, also Berchtesgadener Land. Na gut, die haben sicher ebenfalls ihre Wanderer- und Wintersportlerprobleme.

Nachdenklich schlendere ich zurück und probiere die vierte Lefzenvariante für den Sabberhund.

Mittags gönne ich mir einen veganen Burger, den ich mit in meine Wohnung nehme. Manchmal treffe ich mich mit meiner Mutter oder Alex in einem der guten Italiener in der Stadt. Alex hat jedoch heute ein Meeting und Traudl ein Date, von dem sie mir nichts verraten wollte. Aber das kommt noch, denn sie ist nicht gerade die große Schweigerin. Die Maxime lautet: Hast du ein Geheimnis, erzähl es nicht Traudl Mayrhofer! Und willst du, dass es besonders schnell die Runde macht, dann wende dich vertrauensvoll an die Kreuzpointnerin.

Ich speise auf meinem kleinen Balkon mit Blick auf den Inn und das Parkhaus. Danach hole ich meinen Laptop und klappe ihn auf. Seufzend überlege ich, welches Dokument ich öffnen will.

Ich müsste einen Artikel über eine Chorveranstaltung für

die Zeitung fertigmachen, und meine Freundin Toni hat mir ihren Bericht über das Kindergartenjahr gegeben, den ich Korrektur lesen soll. Mein neues Projekt gewinnt, trotz schlechten Gewissens: die Science-Fiction-Story mit meinem Helden FastFlynn. Auch das ist eigentlich ein Zwangsunterfangen. Denn nur wenn ich für meinen Spezl Tom Science-Fiction schreibe, stellt er meine Fantasyromane in seinem Buchladen aus. Und die Fantasy ist neben dem Töpfern meine wahre Leidenschaft. Manchmal treffen sich diese Leidenschaften im Atelier: Da gibt es dann neben Wolpertingern auch Tatzelwürmer und allerlei Gestalten, die meine Fantasie entworfen hat und die meine Romane bevölkern. Damit würde ich gerne berühmt werden.

Ich erfinde und tippe etwa eine Stunde über den Mann, der in seiner Rakete Planeten rettet. In jedem Buch einen speziellen Planeten, inklusive Abenteuer und Lovestory. Letztere nur kurz, weil Tom das nicht so mag. Aber warum sollte ich mich nach allen Seiten verbiegen?

Es ist drei Uhr, der Sabberhund ruft: Ich hab nur eine gute Woche Zeit dafür, und er muss ja noch gebrannt, bemalt und nochmals gebrannt werden. Und das dauert.

Im Treppenhaus unterhält sich die Kreuzpointnerin mit der kleinen Frau Mei Lin Chuan, und mein Ohr hört das Wort Sammler und ein bisserl Panik heraus.

Als ich bei den Damen ankomme, schauen sie mich an – Verzweiflung im Blick.

»Ist was passiert?«, frage ich mit ungutem Gefühl, denn es kann gar nicht anders sein, wenn sogar Mei Lin so bedropst schaut. Sie ist Thailänderin und lächelt immer. Wirklich.

Jetzt sagt sie leise: »Frau Kreuzpointner ist wohl bestohlen worden.«

»Bitte sagen Sie nicht von den Sammlern?«

Die beiden nicken natürlich, und die Geschädigte meint eher niedergedrückt als zornig: »Du hattest ganz recht, Minnie. Ich hab ihnen zehn Euro gegeben.«

»Ja, ich hab den Kerl noch getroffen, und er hat mir den Betrag in der Liste gezeigt. Aber fehlt mehr?«

»Ich habe meinen Geldbeutel gleich wieder reingelegt. Der eine musste zur Toilette ...«

Ich stöhne auf. »Sie haben mir doch heute Nacht versprochen, dass Sie niemanden reinlassen.«

»Mei, wenn er aufs Klo muss. Bis Kiefersfelden hätt er es nicht ausgehalten.«

»Berchtesgaden. Die haben gelogen. Das Autokennzeichen war aus Berchtesgaden. Und im Parkhaus gibt es Toiletten. Was fehlt denn jetzt?«

»Meine Bankkarte und 200 Euro.«

»Wir ham die Bank schon angrufn«, sagt Mei Lin in ihrem putzigen thailändischen Bairisch.

Ich nicke und weiß genau, was kommt. Deswegen bin ich schneller. »Ja, ich rufe den Gustl an.«

Der Romberger Gustav oder Gustl – in Bayern nennt man den Nachnamen wie bei den Chinesen zuerst – ist ein Ex-Bulle, sprich ehemaliger Wasserburger Polizist im Ruhestand und ein Original. Sein Name ist Programm, denn Gustav bedeutet »Stütze im Kampf«. Warum ich eine solche gelegentlich nötig habe, folgt bald. Gustl kennt alles und jeden und pflegt noch Kontakt zu den Kollegen. Und er ist meistens erreichbar, weil er immer irgendwo im Café sitzt und ratscht. So auch jetzt.

»Ich komm gleich mal rüber«, meint er netterweise. »Mein Haferl ist schon fast leer.«

Keine zehn Minuten später ist er da.

Gemütlich, wie er eben ist, interviewt er die Damen. Dann richtet sich der Blick aus wiefen braunen Augen auf mich.

»Weißt du mehr, Minnie?«

»Das Kennzeichen ihres Autos, wenn du magst.«

Er fängt an zu lachen. »Wo hast du denn das her?«

»Mei, die kamen mir halt spanisch vor.«

In Bayern kommt einem Seltsames *spanisch* vor. Ich hab mal gehört, dass es den Spaniern dafür *chinesisch* und den Engländern *griechisch* vorkommt. Je nachdem welche Sprache man sprechen oder lesen kann. Oder eben nicht.

»Und du bist ihnen hinterher?«

Ich nicke. »Aber sags ned dem Alex.«

Der schimpft nämlich dann wieder den halben Abend, weil ich mich durch meine Neugier in Gefahr bringe. Dabei ist das echt nur ein- oder zweimal passiert. Ehrlich!

»Freilich ned«, gelobt der Gustl.

Mein strenger Blick richtet sich auf die Nachbarinnen, die mir ebenfalls hoch und heilig Schweigen zusichern.

Der Gustl telefoniert geschwind mit seinen ehemaligen Kollegen, und natürlich bekomme ich einen Termin zum Protokollaufnehmen und zur Personenbeschreibung. Am besten zügig.

Ich vereinbare in zwei Stunden, sonst wird das mit den Lefzen nichts. Zumindest geht mir Version fünf gut von der Hand. Endlich ist der Hund soweit. Seit Tagen habe ich ihn gut befeuchtet in Plastikfolie und Putzlumpen gewickelt. Nun raue ich die Flächen etwas an und setze die Lefzen mithilfe von vorher angerührtem Schlicker an den Korpus.

Die Ohren waren kein Problem. Das Stummelschwanzerl ist auch schon dran, nur angedeutet, weil es eben nur ein Stummel ist. Leider hat auch dieser Hund eine kupierte Rute. Meine Kundin meinte, das sei legal, denn sonst gäbe es ja eine solche Zucht nicht. Diese Begründung steht auf wackligen Beinen und ist noch dazu eine schmerzhafte Angelegenheit für den Hund. Völlig unsinnig, wenn ihr mich fragt. Jetzt ist das Tier komplett und kommt in den Ofen, wo es nun einige Tage langsam gebrannt wird, bevor ich es bemale. Das ist immer ein Moment, in dem ich Blut und Wasser schwitze. Die Gefahr, dass das Objekt trotz des Hohlraums explodiert, ist nicht gerade klein. Doch in den nächsten Tagen höre ich keinen Kanonendonner im Haus, offensichtlich habe ich genau genug gearbeitet. Und das Glück ist auf meiner Seite.

In Wasserburg gibt es keine weiten Wege. Ich überquere die Straße und marschiere in der prallen Sonne über den Marienplatz – es hat bestimmt 33 Grad. Gestern hatten wir 37. Das war nicht lustig, in der Eisdiele den Abwasch zu machen. Ohne Klimaanlage, aber zwischen nach hinten heizenden Kühltheken, puh. Ein weiterer meiner Jobs übrigens.

Die Salzsenderzeile entlang, dann nach der Hofstatt rechts in eine kühle Gasse abgebogen, und schon stehe ich vor der Polizeiinspektion. Ich muss mich am Tresen im Eingangsbereich nicht mehr ausweisen, der Diensthabende kennt mich nur zu gut.

Ich weiß auch nicht, warum ich immer über irgendwelche illegalen Sachen oder Leichen stolpere. Das ist so seit meinem vierzehnten Lebensjahr. Es begann mit einem toten Eisverkäufer, über den ich bei meinem ersten Job in der Gelateria stolperte.

Der Polizeimeister schickt mich weiter zum sogenannten Minnie-Beauftragten, der zufälligerweise auch für Betrug zuständig ist.

»Mei, Minnie, es ist bestimmt schon ein halbes Jahr her«, zieht mich mein persönlicher Ansprechpartner auf. »Was ist denn los? Gibt es keine Verbrechen mehr in Wasserburg?«

»Wenn du es nicht weißt, Gerhard, ist das ein schlechtes Zeugnis für die hiesige Polizei«, kann ich mir nicht verkneifen zu sagen. Das Grinsen zeigt mir, dass er nicht sauer ist. Das kann er sich auch nicht leisten. Er hat sein Konto ebenfalls in der Bank, in der mein Freund arbeitet. Apropos: »Dieses Gespräch ist vertraulich, Gerhard, kein Wort zu Alex!«, mahne ich ihn, woraufhin der Gesetzeshüter glatt zu kichern beginnt.

»Dir macht ein Banker Angst, Krimi-Minnie?«

Ich hasse diesen Spitznamen, aber den werde ich nicht mehr los, bis ich hundert bin.

»Wurscht, was mir Angst macht, Gerhard. Das Gespräch ist vertraulich, sonst gibt es keine Personenbeschreibung.«

Er nickt, ich beschreibe, und er tippt es in den Rechner. Wobei ich mich natürlich bei dem Sammler mit dem Käppi harttue, weil ich den nicht richtig gesehen habe.

Über das Kennzeichen ist Gerhard sehr erfreut. Er vertraut es seinem Computer an und murmelt – obwohl er genau weiß, dass ich meine ganz leicht abstehenden Ohren, die Alex niedlich findet – aufsperre: »Tassilo Berger. Ja, wer heißt denn so?«

»Es gibt einen Film mit Karlheinz Böhm, da heißt er Tassilo. Vermutlich ist die Mama von dem Bürscherl ein Fan so wie meine Mutter auch.«

An Gerhards Blick sehe ich, dass ihm der Schauspieler nichts sagt. »Der den Kaiser von der Sissi gespielt hat«, füge ich hinzu. Sissi kennt zumindest Gerhards Generation noch. Meine Altersgenossen tippen da eher auf Bully Herbigs Zeichentrick-Variante.

»Und kommt er aus BGL?«, frage ich nach.

Nun wird der Blick vorsichtig. Im Hintergrund rattert der Drucker und spuckt meine Aussage aus. Gerhard holt das

Blatt, sieht mich aber nicht an.

»Gerhard, stell dich ned so an. Den Tassilo seh ich eh nie wieder. Außerdem – warum hätte er sonst ein BGL-Kennzeichen?«

»Könnte schon sein, dass es eine Gegenüberstellung gibt. Unterschreib mir bitte das Formular.«

So schnell geht das aber nicht, wie er es gerne hätte. Ich lese den Zettel genau durch, denn der Gerhard hat einen absonderlichen Humor und hat mir einmal Peinliches in das Protokoll geschrieben. Der Gustl hat mich dann darauf angesprochen, dass sich die ganze Inspektion auf meine Kosten kringelig lacht. Seitdem kriegt der Gerhard keine Unterschrift mehr, ohne dass ich alles vorwärts, rückwärts und auf dem Kopf stehend kontrolliert habe.

Schließlich unterschreibe ich und stehe auf. Gerhard zu nerven ist zwecklos. »Gut, in dem Fall hab ich meine Bürgerpflicht mal wieder erfüllt und gehe.«

Er starrt in seinen Monitor, klickt ein bisserl mit der Maus herum, dann schaut er mich an und zögert.

»Was ist denn, Gerhard?«

Er klingt ernst. Das gibt mir kein gutes Gefühl.

»Minnie, halt dich da raus. Das Auto gehört zu einer Firmengruppe, für die ist das LKA zuständig.«

Ich plumpse höchst graziös in den harten Vernehmungsholzstuhl zurück. »Wieso des?«

»Raushalten!«, hebt er den Finger mahnend. Ich runzle die Stirn.

»So ned, mein Freund. Der Typ war in meinem Haus, also dem meiner Mutter. Worum geht es da?«

»Das hast du nicht von mir«, versucht er abzuwiegeln, woraufhin nun ich grinsen muss. »Ja niiiiiiie.«

Woher denn bitte sonst? Aber Hauptsache, er gibt auf.

»Die Firma heißt Manfred Kersthoff AG, angeblich ein

Casino in BGL. Im Rechner steht dazu eine Warnung von wegen Schutzgelderpressung und Waffenschieberei.«

»Und ältere Damen beklauen, passt in das Profil?«, staune ich über diese Verbindung.

Gerhard schüttelt den Kopf. »Davon steht hier nix. Allerdings von Zeugenbeeinflussung. Und es sind schon welche verschwunden.«

Wieder warnt mich der Knubbel-Zeigefinger: »Halt dich raus, Minnie!«

Ich hebe beide Hände. Die sind zwar zierlicher als seine, dafür klebt noch etwas Lehm unter den Nägeln.

»Okay, verstanden. Danke, Officer.«

Ich salutiere höchst amerikanisch und marschiere im Stechschritt aus seinem Büro. Auf dem Weg nach unten heißt es dauernd:

Servus Minnie – Wie geht's dir, Minnie? – Weiß der Alex, dass du da bist, Minnie? – Wen hat es denn heute erwischt, Minnie?

Das beraubt mich der Illusion vollends, dass mein Besuch hier heute beim Abendessen kein Thema ist.

Doch es ist kein klatschfreudiger Polizist, der es dem Alex steckt.

Sein Begrüßungskuss schmeckt wie lauwarmer Döner von vorgestern – natürlich ohne Knoblauchgeruch, den gibt es bei Bankern nicht. Und haltet mich nicht für verrückt: Alex schmeckt auch ein bisserl nach Zorn.

Nach dem Grund frage ich nicht. Männer vergessen gerne etwas. Ich kann ja mal hoffen, dass er sich an meine »Tat« nicht mehr erinnert. So ein Abendessen dauert, und ich könnte die Waffen einer Frau auspacken.

Leider ist Alex ebenso wenig dumm wie ich. Er fängt an, mich einzukreisen, indem er von Frau Kreuzpointners

Anzeige bei der Bank erzählt.

»Wir haben die Karte selbstverständlich gleich gesperrt. Doch die Verbrecher hatten bereits Geld abgehoben.«

»Wie das? Dazu brauchen sie die PIN.«

Sein Blick zeigt Nachsicht mit einer Naiven. »Und was glaubst du, wo Frau Kreuzpointner ihre PIN aufbewahrt?«

»Sie hat sie hoffentlich nicht auf die Karte geschrieben?«, rate ich fassungslos, und er seufzt. »Nein, auf einen Zettel, der an die Karte geklebt war.«

»Aber sie kriegt ihr Geld ja zurück, oder?«

Meinen empörten Aufschrei ignoriert er und beißt stattdessen in das Schnitzel, das ich vorsorglich zur Besänftigung gebraten habe.

»Ich versuche mein Möglichstes, eine Gewähr hat sie allerdings nicht, weil sie jede Sicherheitsempfehlung missachtet hat. Und sie sollte ebenfalls wissen, dass sie keine Fremden hereinlassen soll.«

Ich erwähne nicht, dass ich sie sogar gewarnt habe. Nicht dass sie ihr Geld deshalb nicht bekommt. Ein schlechtes Gewissen habe ich schon. Nicht wegen der Bank, sondern wegen Alex. Doch ich will ihn da nicht reinziehen.

Es herrscht eine Zeitlang Sendepause. Er kaut, ich warte und versuche, entspannt zu wirken. Dazu hilft das freundliche Gurren vor dem Fenster auf meinem Balkon. Ich springe auf.

»Das gibt es doch nicht! Was haben die mit dem Netz gemacht?«

Ich reiße die Balkontür auf und starre grimmig auf das frisch gebaute Nest, aus dem mich eine Taube unschuldig anschaut. Wir kennen uns so gut, dass sie nicht mal mehr Angst vor mir hat.

Vergangenes Jahr haben wir viele Stunden Seite an Seite verbracht. Sie beziehungsweise er – denn Tauben machen das in Teamwork – brütend und später fütternd. Ich schreibend und später Taubenscheiße wegputzend.

Und nein, ich kann keine Eier vernichten, brütende Vögel erschrecken oder gar süße Taubenjunge mit Flaum ignorieren. Jeden Januar fange ich an, meinen Balkon gegen die drohende Annexion zu befestigen. Und jedes Jahr sind die Viecher gewitzter als ich.

Wo sie wohl diesmal wieder reingekommen sind? Ich sehe kein Loch im Netz. Aber das finde ich noch beim nächsten Brut-Schichtwechsel im Nest.

Alex nimmt mich von hinten in die Arme, und ich kuschle mich an ihn.

»Gib's auf, Minnie. Du bist nicht hart genug für das Viechzeug. Überlasse ihnen deinen Balkon und zieh zu mir. Da ist es auch sicherer für dich.«

Oha, das hört sich nach einem bekannten Thema an.

»Meine Mutter hat dich angerufen?«, frage ich zögernd.

»Wie kommst du darauf?«, flüstert er scheinheilig in mein Ohr, während seine Zähne an der empfindlichen Haut darunter knabbern. Dieser Striezi weiß genau, dass ich so schwach werde.

»Weil du nur dann über Sicherheit quasselst«, seufze ich hin und weg. Sein Druck um meine Taille wird fester, der folgende Biss ebenso.

»Au!«, schimpfe ich und stoße ihn zurück. Als ich mich umdrehe, sehe ich es: Alex ist stinksauer. Er hat nichts vergessen, trotz Schnitzel.

»Warum bist du so grob?«

»Stört dich das denn? Die Frau, die gerne Verbrecher verfolgt?«

»Woher weißt du das schon wieder?«

»Ich habe einen guten Draht zu meiner zukünftigen

Schwiegermutter.«

Ja, den hat er in der Tat, und jetzt kann ich es mir zusammenreimen. Meine Mutter weiß es natürlich von der Frau Kreuzpointner, die ja ihre Vermieterin informieren musste. Die Selbige liebt den Banker und lässt keine Gelegenheit verstreichen, den Wunschschwiegersohn zu kontaktieren. Der soll ja die zarte Tochter vor der bösen Welt beschützen – und ihre Rechnungen zahlen.

Ich versuche es mit Abblocken. »Alex, ich war keinen Moment in Gefahr.«

Sein Blick wird ernst, und die Stimme, die eben noch in mein Ohr geschnurrt hat, unangenehm laut: »Du bist nachts im Treppenhaus unterwegs, obwohl da ein Einbrecher hätte sein können.«

»Was hätte ich tun sollen? Die Kreuzpointnerin hatte Angst.«

»Die Polizei rufen?«

»Die kommen nicht, wenn ich anrufe, das weißt du genau«, schnaube ich.

»Warum sollten sie auch? Sie wissen ja, dass du die Fälle selbst löst und ihnen die Verbrecher gleich in der Inspektion vorbeibringst.«

»Das war nur einmal, Alex. Und er hatte nur einen Arm.«

»Trotzdem hat der Kerl vorher mit dem einen Arm einen anderen Menschen umgebracht«, schreit er jetzt völlig außer sich. Meine Miene wird weich, wie immer, wenn er sich so aufregt. Da finde ich ihn trotz des roten Gesichts höchst attraktiv.

»Du machst das Geschrei extra, weil es mich scharf macht«, versuche ich die Waffen-der-Frau-Variante, und wie immer kämpft er dagegen an. Und gibt auf.

»Minnie, du machst mich wahnsinnig«, seufzt er, und sein Griff wird wieder zärtlicher.

»Es tut mir leid, Alex«, sage ich und küsse ihn liebevoll, was ihn eine Zeitlang zum Schweigen bringt. Bis mein Handy klingelt. Der Rufton weist auf meine Mutter hin: »Ein Stern, der deinen Namen trägt« von DJ Ötzi und Nik P. Passend für eine Sterndeuterin, finde ich. Andere stempeln mich wegen dieser Wahl als einfach gestrickt ab.

Glücklicherweise hält die Traudl das Gespräch heute kurz, als sie hört, dass Alex da ist. Vermutlich wollte sie kontrollieren, ob er mich ermahnt.

»Sie ruft so oft an, warum nimmst du kein Lied, das dir wirklich gefällt, Minnie?«, fragt mein Freund kopfschüttelnd.

»Ich brauch den Schock, um vor einem Gespräch mit ihr hellwach zu sein. Sonst zieht sie mich ständig über den Tisch. Außerdem gehe ich schneller ran, damit das Lied endet.«

Er fängt an zu lachen. »Und wenn du nicht rechtzeitig reagierst, musst du ihre Sternenübersichtskarte beim nächsten Vortrag hochhalten?«

Ich verweigere die Antwort und küsse lieber noch ein bisschen. Natürlich verzeiht er mir. Und ich weiß, dass ich ein riesiges Glück mit meinem Anzugträger habe.

Mein Bett ist nur 1,20 Meter breit, seines wäre 1,80 Meter. Deswegen sind wir mehr bei mir als bei ihm, ich kuschle eben gerne. Das machen wir in den nächsten Stunden ausgiebig, bevor wir todmüde einschlafen.

Ein Mords-Gschiss

Die nervige Altbauwohnungsklingel weckt uns noch vor Alex' Handy. So ein stellvertretender Filialleiter muss nicht um halb acht vor Ort sein. Das trifft sich gut, denn ich stehe ungern vor acht auf.

Ich krabble über den sportlichen Körper meines Freundes, um auf dem Handy die Uhrzeit herauszufinden. Er findet das, dem Gebrummel nach, wohl angenehm. Mit seiner Hand auf meinem Hintern sehe ich mit müdem Blick, dass es erst sieben Uhr ist. Wer um Himmels Willen braucht um die Zeit etwas von mir?

»Bleib da, mach nicht auf. Das ist sicher deine Mutter«, murmelt er, doch es klingelt nochmals. Vermutlich ist es tatsächlich meine Mutter, und wir müssen sofort heiraten, wenn sie Alex in meinem Bett findet. In dieser Hinsicht ist sie altmodisch und verwendet die früheren Zwänge gern als Druckmittel. Ich schlurfe dennoch zur Tür und schaue durch den Spion.

Seufzend öffne ich, denn das Klingeln zu ignorieren, wäre bei diesem Besucher vergeblich.

Gustl Romberger gibt niemals auf. Da mag der Finger

taub werden, aber er bleibt auf der Klingel.

»Mei, Gustl. Hat die Backstube noch ned auf?«

»Doch, aber da geh ich wie immer erst um neun Uhr hin. Es geht um deine Sammler.«

Jetzt bin ich schlagartig hellwach. Mein guter alter Freund und Verbrechenslösungspartner ist das sicher schon seit fünf Uhr. Das ist seine bevorzugte Spaziergehzeit, um zu prüfen, ob in der Altstadt, am Inndamm und auf der Kapuzinerinsel alles in Ordnung ist. Nur der liebe Gott weiß, wie die Stadt ohne pensionierte Polizisten überleben kann.

»Was meinst du damit?«

»Sie haben den Wagenbesitzer gefunden.«

»Den mit den blauen Augen?«

»Tassilo Irgendwer, hat mich an Karlheinz Böhm erinnert. In diesem Ganghofer-Streifen.«

Der Käppi-Sammler!

»Und haben sie ihn festgenommen? Kriegt Frau Kreuzpointner ihr Geld zurück?«, erkundige ich mich aufgeregt und gehe Gustl voraus in die Küche, um einen Kaffee aufzusetzen.

Der hat diesen Blick drauf, den ich kenne: düster, ein bisserl sensationslüstern.

»Gustl?«, frage ich mit eindringlichem Tonfall.

»Zu spät«, ist die Antwort. »Er wurde erschossen. Direkt in die Stirn.«

Er hält die Hand zur Pistole geformt an seinen Kopf und drückt gewissermaßen ab.

Und weil Alex alle Formalien eines eindrucksvollen Auftritts beherrscht, wie den richtigen Zeitpunkt, taucht er natürlich genau in diesem Moment auf. Die beiden Männer mustern sich misstrauisch, dabei kennen sie sich gut.

Dann seufzt Alex. »Lass mich raten, irgendeiner ist tot, und Minnie kennt ihn?«

»Lass mich raten: Du schläfst ned hier, weil du deinen Haustürschlüssel verloren hast«, versucht Gustl, der mit Alex' Einstellung nur zu gut vertraut ist, abzulenken. »Weiß des die Traudl eigentlich?«

Mit dem Satz jagt er nicht – wie gehofft – Alex Angst ein, sondern mir. Denn der würde ja gerne heiraten und ließe sich auch zwingen. Und sobald meine Mutter auf der Matte steht, kann es anstrengend und eng mit der Freiheit werden. Ich fühle mich dafür zu jung. Ende zwanzig und heiraten? Nur damit anschließend alle mit dem Kinderthema anfangen und man wieder keine Ruhe hat?

»Gustl, lass' gut sein, das ist unsere Sache. Und die Traudl hört nichts von dir, verstanden! Also, was ist jetzt mit dem Tassilo passiert?«

Das ist viel wichtiger und interessanter.

»Ein Bauer bei Eggstätt hat seinen Wagen gefunden. Das Heck hat praktischerweise aus dem Fischweiher geschaut. Als er ihn mit dem Bulldog rausgezogen und den Toten am Steuer gesehen hat, hat er gleich die Polizei gerufen.«

»Was ist mit seinem Komplizen? Dem jungen Blonden mit den blauen Augen?«

Die Augen meines Freundes verengen sich misstrauisch, und ich sage schnell betont: »Dem sehr jungen, für mich viel zu jungen Blonden.«

Die Augen werden wieder größer, und Alex holt zwei Tassen aus dem Schrank. Nach einem Blick auf Gustl dann eine dritte. Ich schiebe eine nach der anderen unter die Kaffeemaschine, die meine Mutter mir zu Weihnachten geschenkt hat, damit ich etwas mondäner rüberkomme. Als sie feststellen musste, dass diese an Ostern immer noch unausgepackt in der Speis stand, nahm sie mir in einem unbeobachteten Moment meine geliebte alte Kanne mit dem Filteraufsatz weg.

Wenn Alex da ist, trinken wir eben den Kaffee aus der Maschine. Ansonsten springe ich in der Früh mit meiner großen Tasse gern in die benachbarte Bohnenrösterei und hole mir, was ich liebe. Das ist bockig und kindisch, ich weiß. Aber für mich gehört zu einem guten Morgen der Geruch, wenn der Kaffee durchläuft. Und das schafft eine solche Maschine bei einem einzigen Haferl nicht.

Alex meinte dazu mal mit spöttischem Blick: »Dir gefällt einfach der Gedanke, dass sie dir ein Geschenk gemacht hat, das dich Geld kostet, weil du es nicht willst.«

Eine Aussage verweigere ich in diesem Fall lieber.

Gustl schlürft seinen Kaffee immer noch, obwohl viele Menschen versucht haben, ihm das abzugewöhnen.

»Der Komplize war nicht auffindbar. Keiner weiß, wer er ist.«

»Und gibt es Hinweise auf den Täter?«

Gustl schüttelt den Kopf.

»Die Kollegen befragen die Firma, zu der der Wagen gehört. Aber das gesammelte Geld ist weg.«

»Sie glauben, es war der junge Mann?«

»Eine reine Vermutung. Das wäre sein Untergang, weil der Oberboss, Manfred Kersthoff, das kaum ungestraft lassen würde.«

»Wer ist der Kerl?«, fragt Alex, scheinbar völlig auf seine Tasse konzentriert.

Ich weiß es besser, denn er kennt das Motiv – ein Cockerspaniel, ohne Sabberlefzen, dafür mit Schlappohren. In Wirklichkeit wartet er nur darauf, zu hören, dass ich mich wieder in Gefahr begebe.

»Ein Casinobesitzer, der seine Finger im Schutzgeldgeschäft hat.«

»Ein eindrucksvoller Ruf?«, lautet die beiläufige Frage.

»Wenn man auf Betrug, Gewalt und Mord Wert legt. Er

ermordet Restaurantbesitzer, die nicht schnell genug zahlen ebenso wie Zeugen.«

Mord und Zeuge in einem Satz ist zuviel für meinen Lover. Er setzt die Tasse so hart ab, dass ich um die Schlappohren Angst habe. Sein schlanker Finger zeigt auf mich.

»Ab heute schläfst du bei mir, verstanden?«

Gustls Miene wirkt keineswegs betreten. Das war Absicht.

»Meine Mutter hat dich hergeschickt?«, frage ich seufzend.

»Die Sterne behaupten, du bist in Gefahr. Und Traudl kennt sich da aus. Ihre Vorhersagen stimmen immer.«

Na ja, ab und zu ist das so. Viel wichtiger ist, dass Alex Angst um mich hat. Und das hat er nicht verdient.

»Okay«, erwidere ich leise und freue mich über die Erleichterung auf seinem gutaussehenden Gesicht.

Der Sabberhund hat seinen ersten Brand hinter sich. Die Auftraggeberin ist heute da, um den Fortschritt zu kontrollieren.

Frau Wegner geht mehrmals um den Hund herum, seufzt, nickt, dann schüttelt sie wieder den Kopf. Ich rechne damit, dass sie den Auftrag storniert. Denn ändern ist nicht mehr möglich.

Doch glücklicherweise ist sie nur melodramatisch veranlagt.

»Also, junge Dame, ich muss sagen: Sie haben Talent. Das ist Rolof-Tido vom Heideburgblick wie er leibt und lebt. Schaffen Sie es, ihn bis zu meiner Festivität fertig zu machen und zu liefern?«

Von meiner Mutter weiß ich, dass damit ihr 60. Geburtstag gemeint ist, der in knapp zwei Wochen mit einem Riesenevent steigen soll. Genau am Abend des

Nachtflohmarkts. Ich muss unbedingt vorher fertigwerden, sonst kann ich mich mit einem Schubkarren durch die Menschenmengen quälen.

»Ja, bestimmt, Frau Wegner. Ich bemale ihn in den nächsten Tagen, dann kommt nur noch der Glasurbrand.«

Endlich ist sie raus zur Tür. Hektisch sause ich in meine Wohnung und werfe mich für den nächsten Job in Schale. Für den muss ich einigermaßen pünktlich sein, sonst kriegt ihn ein anderer.

Heute ist eine Stadtführung angesetzt: Mystik und Grusel, also mein Ding. Ich finde es super spannend, durch die kleinen Gassen oder um die Burg zu schleichen und von rätselhaften Geschehnissen zu erzählen. Mystisches passt im täglichen Leben ja eher nicht zu mir, aber in dem Fall ist wohl der Apfel nicht zu weit von meiner Mutter Stamm des Wundersamen gefallen. Und die Leute mögen es. Besonders die Touristen natürlich. Ich krame also mein bestes Hochdeutsch oder auch Englisch raus, damit die Leute gut unterhalten werden.

Heute sind es zwölf Personen, die vor der Schranne, dem Café direkt am Marienplatz, auf mich warten. Diese Gruppen inspirieren mich immer ungeheuer. Da landen gerne Dialoge in meinen Büchern. Oder Kleidung, Dialekt und Gesten.

Die einen sind von historischen Gegebenheiten beeindruckt, die anderen genießen die Geschichten, die die Vergangenheit lebendig werden lassen.

Wir besichtigen Kellergewölbe unter dem Brucktor, die St. Michaelskirche, die aus zwei Kapellen im Doppelpack aufeinander besteht, das Gwelb, unter dem früher die Salzwagen in die Stadt gekommen sind.

Wir spazieren gerade wieder die enge, gewundene Straße

von der Burg in Richtung Marienplatz hinunter, da fällt mir ein dünnes Gestell auf. Das treibt sich hinter den Arkaden bei unserem Wasserburger Nobel-Gewandhaus herum und schaut unglücklich bis ängstlich drein: der sehr junge blonde Komplize.

Dummerweise muss ich erst meine Gruppe beim Fremdenverkehrsamt am Rathaus abgeben. Ich versuche, die am Abgabeort stets folgenden Fragen, die ich eigentlich gerne mag, obwohl sie mich oft ewig aufhalten, schon auf dem Weg dorthin abzuarbeiten. Das funktioniert, und bereits zehn Minuten später sause ich zurück, aber der Blonde ist weg. Mit flottem Schritt gehe ich die Gassen ab, dann die Treppe von der Burg hinunter zum Inn. Der Pfad dort unten am Fluss entlang führt zur Schanze und zum ehemaligen Eisenbahntunnel.

Wasserburg war mal per Gleis direkt mit der großen weiten Welt, also München, Mühldorf, Rosenheim, verbunden. Durch die dauernden Überflutungen und anschließenden Reparaturarbeiten hat man die Linie abgekürzt. So müssen nun Pendler oder sonstige Reisende mit dem Stadtbus zum Wasserburger Bahnhof eine Ortschaft weiter nach Reitmehring fahren. Da schauen die Leute oft dumm, wenn sie am Bahnhof Wasserburg am Inn aussteigen und außer einem kleinen Bahnhofsgebäude mit sehr nettem Schalterbeamten und einer Dorfstraße, die zur B 304 führt, nichts vorfinden.

Ich habe Glück und erspähe auf den Stufen der Treppe tatsächlich einen blonden Schopf. Er gehört zu dem Gesuchten, der wie ein Häufchen Elend zusammengekauert auf die Strudel im Inn starrt.

Ich steige langsam hinunter. Was mache ich, wenn ich ihn erreicht habe? Kurz schießt mir durch den Kopf, dass er ein Mörder sein könnte. Sollte ich ein Attentat überleben, bringt mich Alex vermutlich später um, falls er erfahren würde.

was ich gerade vorhabe. Aber bei unserem Gespräch hatte ich den Jungen als nett empfunden. Ich bin zwar manchmal ein bisschen chaotisch – na gut, auch unpünktlich und nicht super ordentlich –, doch auf mein Menschengespür kann ich mich meistens verlassen.

Plötzlich dreht sich der junge Mann um und schaut zu mir herauf. Als er mich erkennt, springt er auf. Er will davonsausen, ich rufe: »Warte! Ich möchte dich nur etwas fragen.«

Er sieht sich nochmals um, zögert.

»Ich bleibe hier stehen, okay? Was ist mit deinem Freund passiert? Kann ich dir helfen?«

Er schüttelt hektisch den Kopf, ist leichenblass. Dabei haben wir seit Tagen wunderbares Wetter. Geht der Kerl sonst nie raus?

»Mir kann keiner helfen. Lass mich in Ruhe!«

Die Stimme zittert. Ich kann ihn fast nicht verstehen, weil er so leise spricht.

Er hüpft den letzten Treppenabsatz hinunter und ist nun auf dem Pfad am Fluss. Ich könnte die Polizei informieren, die ihn an der Schanze aufsammelt oder wenn er versucht, die andere Richtung zu nehmen, in Attel abfängt. Trotzdem würde ich gerne vorher mit ihm reden.

Er schaut sich noch mal nach mir um. Und stolpert über eine der Schlingpflanzen. Die botanische Bezeichnung lautet sicher anders, aber einen grünen Daumen findet man an meiner Hand nicht, weder an der linken – ich bin Linkshänderin – noch an der rechten.

Er stolpert also, verfängt sich und fällt auf die Knie. Gerade rechtzeitig, bevor er mit dem Gesicht im Dreck landet, stützt er sich mit den Händen ab.

Da habe ich ihn schon erreicht. Ich lege ihm die Hand auf die Schulter. Und erschrecke mich, weil er so ruckartig herumfährt. Er bringt sich rückwärts auf Händen und Füßen vor mir in Sicherheit. Wie der letzte Mensch in diesen blutrünstigen Filmen, wenn ihn die Zombies in die Enge getrieben haben.

Ruhig sage ich, wobei ich mir den Spott in der Stimme nicht verkneifen kann: »Findest du nicht, dass du ein bisschen übertreibst? Sehe ich wie eine Männermörderin aus? Ach Schmarrn, das heißt ja Mädchenmörder. Ich könnte sofort die Polizei rufen, aber ich will von dir wissen, was passiert ist.«

Er lässt sich zurücksinken, sieht erschöpft aus. Seine Hände und Knie sind jetzt grünbraun gefärbt von der Begegnung mit dem Trampelpfad. Doch der Ton, in dem er mir antwortet, klingt keineswegs nach Verteidigung, sondern aggressiv. Was weder zu dem schmalen Gesicht noch zum Grünbraun passt. Er wirkt einfach nicht gefährlich.

»Ich hab nichts gemacht. Du kennst mich gar nicht. Was willst du von mir?«

»Nein, ich kenne dich nicht, aber du kommst mir nicht wie ein hart gesottener Verbrecher vor. Ihr habt euch mit dem Falschen angelegt, nicht wahr?«

»Ich weiß nicht, was du meinst.«

Ich seufze: »Hör zu: Dein Kumpel wurde erschossen. Euer Auto gehört einem Gangster, so wie ich das sehe, und die Polizei sucht nach dir. Ich kenne die hiesigen Beamten und könnte dich zur Inspektion hinbringen und vermitteln.«

»Auf gar keinen Fall. Der Typ hat Tassilo schon umgebracht. Und einen Italiener. Der lässt keine Zeugen am Leben.«

Schnell klappt er den Mund zu, er hat gemerkt, dass er zu viel redet. Ich erwidere beinahe gelangweilt, damit er sieht, dass er mir nichts Neues erzählt:

»Tassilo Berger, das weiß die Polizei längst. Wegen des

Autos. Die sind auf Zack und werden auch dich finden. Mit etwas Glück vor dem Kersthoff. Allein hast du keine Chance.«

Er zuckt zusammen, als ich ihn auf die knallharte Realität stoße.

»Komm mit mir. Ich kenn die Leute hier, denen kannst du vertrauen.«

Wieder fliegen die strähnigen Haare, als er wild den Kopf schüttelt. »Auf keinen Fall. Ich will nach Hause.«

»Wo ist das? Kiefersfelden oder Berchtesgaden?«

An seinem verblüfften Blick erkenne ich, dass weder das eine noch das andere zutrifft. Langsam rappelt er sich hoch, wischt sich die grünen Hände an der schmutzigen Jeans ab.

»Wie heißt du?«, versuche ich es erneut. »Ich bin Minnie.«

Er sieht mich an, Verzweiflung pur in den Augen.

»Ich ... ich kann nicht«, presst er hervor, dann dreht er sich um und rennt davon.

Ich bin nicht unsportlich, aber so wie der läuft, macht er das öfters. Fliehen oder auf der Rennbahn spurten – keine Ahnung. Zumindest ist er kein Hürdenläufer, sonst wäre er nicht über die Schlingpflanzen gefallen. Ich sehe ihm nach, bis er um die nächste Kurve verschwindet.

Nachdenklich klettere ich wieder zur Straße rauf und mache einen Umweg zur Bäckerei Bergmeister.

Der Romberger Gustl nimmt sein Frühstück bei der Deliano-Backstube ein, seinen Nachmittagskaffee dann beim Bergmeister. So kriegt er einmal alles von der Hofstatt und der Ledererzeile, der Wasserburger Einkaufsmeile, mit. Und später hat er den Marienplatz und das Brucktor mit Straße zur Burg rauf im scharfen Blick.

Vielleicht hat er den Jungen vorher auch schon gesehen?

Eher nicht, folgere ich, als ich sehe, dass beim Gustl eine

Dame am Tisch sitzt. Ich seufze, gehe aber tapfer weiter.

Bei ihm sitzen immer Damen am Tisch. Er ist ein bisschen breiter geworden in den Jahren, die Haare sind etwas schütter. Doch die Stimme ist noch genauso laut wie früher, als er damit jugendliche Kiffer oder Ladendiebe so erschreckt hat, dass sie in Schockstarre verfallen sind.

Der Gustl kennt vermutlich fast alle Leute in Wasserburg, ganz sicher die alleinstehenden Damen. Die, wenn sie an ihm vorbeiflanieren und er sie mit der eindrucksvollen Stimme anspricht, wie hypnotisiert an seinen Tisch wandern. Sobald sich die Dame niedergelassen hat, kriegt der Gustl dann nichts mehr von der Umgebung mit. Und weil ich diese spezielle Dame nur zu gut kenne, weiß ich, dass er erst recht nichts gesehen hat.

Der Gustl hat seine Frau, die Anna, sehr geliebt.

»So eine gibt es nie mehr auf der Welt«, hat er mir mal an einem Abend im Biergarten nach der zweiten Halben traurig gesagt. Ich kann mich sehr gut an die zierliche Person erinnern, die immer lieb und freundlich zu allen gewesen ist. Leider ist sie vor etwa fünfzehn Jahren, also noch vor der Pensionierung vom Gustl, gestorben. Das war die größte Beerdigung, die ich je miterlebt habe. Denn die Anna hat für jeden ein offenes Ohr gehabt. Hat überall mitgeholfen, in mindestens vier Vereinen die Kuchen gebacken, vom Pfarrgemeinderat bis zum Kleidermarkt unglaublich viel organisiert.

Ich habe das Platzerlbacken von ihr gelernt. Ich sehe vor mir, wie ich auf einem Stuhl stehe, weil ich damals noch kleiner war als jetzt, und mit Händen voller Mehl an ihrem Küchentisch den Teig aussteche. Vermutlich hat sie damit den Grundstock für meine Töpferei gelegt.

Und plötzlich war sie nicht mehr da. Für mich, vor allem

aber für den Gustl, ist eine Welt zusammengebrochen, wobei wahrscheinlich kein Witwer mehr Menschen hatte, die ihn aufgefangen haben. Der Anna zuliebe, und auch, weil der Gustl ein guter Freund ist.

Nach ein paar Jahren sind dann so nach und nach die Damen an seinem Tisch im Café erschienen. Jedoch hat bisher keine einen dauerhaften Platz an seiner Seite bekommen. Am ehesten noch die, die jetzt neben ihm sitzt: meine Mutter.

Wie beschreibt man Traudl Mayrhofer am besten? Künstlerischer Freigeist mit strengen Richtlinien? Ja, ich weiß, das widerspricht sich völlig. Aber es trifft sie genau.

Ich hab sie ja schon ein bisserl beschrieben: Astrologin, ledige Mutter, reich verheiratet, mit ansehnlicher Abfindung geschieden.

Sie lebt nicht in dem Haus, das ihr gehört, und in dem ihre Tochter wohnt. Nein, Traudl besitzt eine moderne Wohnung, sehr stilsicher eingerichtet von der befreundeten Innenarchitektin, über einer Galerie. In der stellt sie gelegentlich Bilder aus, auf denen man den Sternenhimmel und abstrakte Deutungen erkennen kann. Sie hält Kurse über ihr Wissen ab und hat auch ein Buch dazu herausgegeben. Das wäre also der Teil »künstlerischer Freigeist«.

Der andere Teil mit den strengen Richtlinien ist der, der mich betrifft. Ihre Motivation ist mir durchaus klar: Ihre Tochter soll es besser haben und nicht alleinerziehend mit Kind dastehen. Und einen angesehenen Beruf haben.

Ich habe ihr mal gesagt, sie hätte mich dann nicht so oft bei Anna Romberger lassen sollen. In der Zeit war sie mehr mit dem Autohändler und Reisen beschäftigt und hat mich schon ein bisserl abgeschoben. Was ich ihr nicht übel nehme, weil die Zeit bei der Anna für mich wie ein kleines Wunder war. Durch Anna und Gustl kenne ich mindestens genauso viele Wasserburger wie meine Mutter. Sie kennt die Reicheren, Einflussnehmenden und die Geschäftsinhaber und ich die anderen. Manchmal überschneidet es sich natürlich, denn wir haben ja hier trotz der mittelalterlichen Kulisse eine moderne Stadt mit zeitgemäßer Bevölkerungsstruktur.

Ich erkenne Traudl von hinten sofort an ihrem Lieblingshut. Meine Mutter könnte sich jederzeit ohne Vorbereitung unter die elitären Zuschauer eines Pferderennens in Ascot mischen und würde nicht auffallen. In Wasserburg drehen sich dagegen oft die Leute nach ihr um. Sie ist schon ein Hingucker. Exquisit gekleidet, perfekt sitzende Frisur unter ausladenden Hüten – wie dieser hier in kräftigem Mitternachtsblau –, am faltenlosen Hals eine Perlenkette oder Goldschmuck. Bei der Kleidung kommt wieder der künstlerische Freigeist durch. Kein Businesskostüm oder Etuikleid betont die schlanken Kurven. Nein, meist trägt sie einen langen Rock oder weite Hosen, darüber eine Art Kaftan in leuchtenden, auf den Hut abgestimmten Farben.

Gustl winkt mir. Und natürlich dreht sie sich um. Ihr Lächeln wirkt ein wenig gezwungen, als sie meine Kleidung sieht: Kurzes geblümtes Sommerkleid, an den Füßen Flipflops und an jedem Zehennagel Lack in einer anderen Farbe – kein Schmuck, kein Hut. Zumindest habe ich heute saubere Nägel, also darf ich mich nähern. Ich bin eben ein Blumenkind.

Mist, meinen Zopf habe ich am Morgen nicht neu geflochten. Wobei ich finde, dass die Frisur dann lässiger aussieht, wenn es mir nicht das Gesicht bis zu den Ohren spannt. Noch muss ich nicht auf Falten achten, die durch das Procedere beim Flechten positiv beeinflusst werden könnten.

»Arminia, wo kommst du her?«, fragt sie mich, und ihr

Ton sagt mir, dass sie jede Kleinigkeit, jedes hervorstehende Haar bemerkt hat. Heute verzichtet sie auf weitergehende Nörgelei. Nicht meinetwegen. Nein, meine Mutter hat es auf den Gustl abgesehen. Der ist normalerweise in meiner Gegenwart einfach nur charmant zu ihr, manchmal hab ich auch tatsächlich ein Knistern zwischen ihnen gespürt.

Sie sind beide besondere Menschen, die Glück verdient haben, gar keine Frage. Aber ob es zwei gibt, die weniger gemeinsam haben als Traudl und Gustl? Ich wage es zu bezweifeln.

Ich erzähle harmlos über meine Führung, doch meine Mutter schneidet mir gekonnt – das hat sie in den vergangenen Jahren perfektioniert – das Wort ab und kommt auf den Mord zu sprechen.

Ich werfe einen bösen Blick in Gustls Richtung, woraufhin dieser nervös auf dem Stuhl hin und her rutscht. Was schwierig ist, denn er füllt den gut aus. Das schlechte Gewissen springt mich aus seinen Augen geradezu an. Gut so, der Verräter. Er weiß genau, dass Traudl mir die Hölle auf Erden heiß macht, bis sie ihren Willen bekommt.

»Arminia!«, sie ist die Einzige, die mich mit meinem dämlichen Taufnamen anspricht. Kein Wunder, sie hat ihn ja ausgesucht. Wie ich hätte stark werden sollen, obwohl ich seit meiner Kindheit untergebuttert werde, weiß ich nicht. Da hilft der Name auch nichts.

»Du hast dich wieder in Gefahr begeben. Hatten wir das Thema nicht ausgiebig diskutiert nach deiner letzten Aktion?«

Die Aktion mit dem einhändigen Mörder, seufz. Ja, das hätte anders ausgehen können. Ist es aber nicht. Und Traudl macht um alles ein Mords-Trara.

»Ich war nicht in Gefahr, Traudl. Außerdem konnte ich

bei meinem Gespräch mit dem Jungen ja noch gar nicht ahnen, dass es gefährlich werden könnte. Es sah einfach nur nach Haustürbetrügern aus. Hätte ich Frau Kreuzpointners Sorgen ignorieren sollen?«

»Du weißt genau, dass ich von deinem nächtlichen Durchs-Treppenhaus-Schleichen rede. Wenn dir einer aufgelauert hätte! Nicht auszudenken.«

Jetzt kommt die nächste Beeinflussungsstufe nach dem Traudl-Lehrbuch: das Angsteinjagen.

»Erst neulich hat einer sogar versucht, eine 98-Jährige anzugrabschen, die verletzt auf den Rettungswagen gewartet hat. Es sind so viele böse Menschen unterwegs. Besonders seit Gustl nicht mehr im Dienst ist«, säuselt sie in ganz anderem Tonfall hinterher. Der Gustl wird leicht rot vor Stolz, während ich den Kopf schüttle.

Das mit der 98-Jährigen stimmt leider. Das habe ich voller Entsetzen in der Zeitung gelesen. Was der gestörte Besoffene mit meiner Situation zu tun hat, erschließt sich mir nicht. Trotzdem hat sie mit der Treppenhaussituation recht.

»Ich weiß, Traudl. Und mir war auch ned wohl, da im Stiegenhaus. Das nächste Mal ruf ich gleich die Polizei«, verspreche ich hoch und heilig. Und muss dann eben hoffen, dass die kommt.

Mutter ist wieder besänftigt, dafür tappt der Gustl ins nächste Fettnäpfchen.

»Du bist grad von der Burg gekommen. Wo warst denn nach deiner Führung noch?«

»Wollte was nachschauen, hat sich aber erledigt«, versuche ich auszuweichen, doch sowohl die Mutter- als auch die Polizistenantenne haben ein Signal empfangen.

»Hat es was mit dem Fall zu tun?«, hakt der Ex-Bulle nach. Damit will er sich bei meiner Mutter einschleimen, das weiß ich genau.

Was soll's? Ich wollte ihn eh um Rat fragen.

»Ja, ich hab den jungen Blonden getroffen in der Nähe der Burg.«

Ich hebe abstoppend die Hände, als meine Mutter hochfährt und loslegen will. »Er hat nur gesagt, dass er es nicht war. Dass er Angst hat und nichts verraten wird, weil der Chef Zeugen umbringt. Und dann ist er abgehauen.«

»Nur?« Ihre Stimme ist ein bisserl schrill.

»Hast du die Polizei gerufen?«, fragt der Gustl. Ich schwindle.

»Bin beim Gerhard grad nicht durchgekommen. Da hab ich dich gesehen.«

Er grunzt nur, glaubt kein Wort und zückt sein Handy. Ich bin schon froh, dass keiner der beiden Inquisitoren meine Geschichte anhand meiner Anrufliste verfolgt.

»Gerhard, da ist der Gustl. Ich geb dir mal die Minnie. Die hat den Flüchtigen eben gesehen.« Zumindest hängt er mich nicht hin, dass ich wertvolle Zeit verstreichen hab lassen.

»Gerhard? Er ist grad die Treppe von der Burg zum Inn runter gesaust und anschließend Richtung Schanze gelaufen. Wenn ihr euch beeilt ...«

Hektisches Gerede in der Inspektion, dann ist Gerhard wieder dran. »Er war es sicher?«

»Es war der zweite von den Sammlern. Er hat aber behauptet, dass er mit dem Mord nix zu tun hat.«

»Du hattest die Zeit, dich zu unterhalten? Wie nah warst du ihm?«

»Nicht so nah, er ist ja weggelaufen«, biege ich die Realität etwas zurecht. Ein Brummen am anderen Verbindungsende zeigt mir, dass er mir nicht glaubt. Also kann ich das Nächste ebenso gut hilfreich unterbringen: »Er hat Angst, weil der Chef außer dem Tassilo noch einen Italiener umgebracht hat, hat er gesagt.«

Ein dreistimmiges Seufzen ist mir neu. Einmal im Handy, zweimal am Tisch. Gerhard dankt mir für den Hinweis und legt auf.

Die blauen Augen meiner Mutter sind ganz schmal. Ich hab Angst. Wirklich. Der kühle Ton macht auch nicht gerade Mut.

»Arminia, korrigiere mich, falls ich die verkehrten Schlüsse ziehe.«

Der Himmel verhüte, dass meine Mutter je falsch liegt. Wenn sie neben meiner falschen Job-, Kleidungs- und Benimmwahl etwas hasst, dann ist es, falsch zu liegen.

»Du hast den Verbrecher gesehen, bist ihm gefolgt und hast ihn zur Rede gestellt?«

Nun entdecke ich einen Funken Mitleid in Gustls Augen. Er weiß, dass er mich in was reingeritten hat.

Ich hole tief Luft und bin mit einem Mal sauer. Was geht es meine Mutter an, was ich 28-Jährige mache? Mein Ton ist nun hitzig. Feuer auf Eis gewissermaßen. Nicht dass eine kleine Hoffnung bestünde, dass das Eis schmelzen könnte.

»Selbstverständlich, werte Traudl, liegst du völlig richtig. Denn du hast ja immer recht. Dafür bin ich die mit dem Interesse an den Menschen um mich herum. Und der Junge ist kein Mörder, sondern einer, den der Spezi auf die falsche Bahn gebracht hat. Und der jetzt eine Heidenangst hat. Ich persönlich helfe Menschen in Not, statt die Sterne zu befragen.«

Wird sie den Vorwurf verstehen? Nein, natürlich nicht. Gekonnt schmettert sie zurück: »Apropos Sterne befragen. Heute Nacht haben sie mir so ein schauderhaftes Bild vermittelt, was deine Zukunft angeht. Ich sah nur Gefahr und Tod in deiner Nähe.«

»Wie nett, das von der eigenen Mutter zu hören. Vielen Dank«, fauche ich sie an.

Gustl versucht nun zu vermitteln. »Äh Traudl, schau, die Minnie hat doch immer alles zum Guten gewendet. Und sie bringt sich ja nicht wirklich in Gefahr.«

Blaue Blicke lassen ihn im Sessel schrumpfen. Meiner zornig, ihrer kühl.

Mit mir geht schließlich der Gaul durch: »Danke Gustl, aber jetzt brauchst auch nimmer abbiegen. Du siehst ja, die Mutterfurie hat wieder Fahrt aufgenommen. Ob ich je wie eine Erwachsene behandelt werde?«

»Sobald du dich wie eine benimmst, dein Geld verdienst, und deine Miete zahlst.«

Nun reicht's! Ich stehe mit Schwung auf, und der Stuhl kippt hinter mir um.

»Du kannst deine Wohnung an jemand anderen vermieten. Ich zieh aus.«

»Wo willst denn hin? Du verdienst nicht genug für eine Wohnung und ein Atelier für deine Kunst.« Immerhin hat sie Kunst gesagt. Das sollte mich davon abhalten, meiner Mutter ins Gesicht zu springen.

Der Gustl wird noch kleiner. Kaum zu glauben, wie so ein gstandner, ehemals muskulöser Polizistenkörper in einem Sessel verschwinden kann. Ich diskutiere weiter. Oder fabuliere. Keine Ahnung, woher ich die Eingebungen nehme.

»Für eine alte Matratze in einem zugigen Stallgebäude wird es schon reichen. Ich töpfere, mache Führungen, spüle – alles Sachen, mit denen ich Geld verdiene, anstatt mich von meinem Geschiedenen aushalten zu lassen.«

Jetzt brülle ich, sodass die Leute auf der gegenüberliegenden Straßenseite unter den Arkaden stehenbleiben und herüberschauen.

Der Gustl wächst wieder ein bisserl. Vermutlich hat ihm die Anna eben von oben die Ohren lang gezogen.

Mir reicht es wirklich. Die Traudl ist bei meinem letzten

Satz blass geworden, und es hat ihr unglaublicherweise die Sprache verschlagen.

Ich gehe in Richtung Zebrastreifen und schlucke ein paar Mal. Das war der heftigste Streit, den wir je hatten. Aber heulen ist keine Option, auch wenn es in meinen Augen brennt. Die Sonne scheint auf die bunten, wunderschön bemalten alten Stadthäuser Wasserburgs. Doch ich sehe es nicht. Es ist gerade sehr dunkel um mich herum.

Da spüre ich eine Hand auf der Schulter und drehe mich um, bereit zur Gegenwehr. Der Gustl schaut mich unglücklich an. Der Dackelblick unter der in mindestens vier Querfalten gelegten Stirn, seine stärkste Waffe, nagt an meiner Härte.

»Mei, also ihr zwei habt's ein Temperament, da könnte man dreimal so viele Frauen damit bestücken.«

»Hättest du ned so lange rumgefragt, bis sie Lunte gerochen hat, wäre es ned so weit gekommen. Halt dich raus, Gustl, wenn du ned unter die Räder kommen willst. Ich hab es schon hart genug mit ihr.«

Jetzt zwickt es an meinen Ohren. Hat die Anna nun mich ins Visier genommen?

»Du kannst zu mir ziehen, Minnie«, bietet der Gustl leise an. Nun knicke ich ein, wie immer. Ich mag ihn einfach viel zu sehr. Und das Angebot kostet Mut, das weiß ich wohl. Kann sein, dass die Traudl drei Wochen nimmer mit ihm Kaffee trinkt. Meine Mutter hat einen langen eisigen Atem.

»Danke Gustl, das ist lieb. Aber stell dir vor, die Traudl will dich besuchen und ich sitze da rum.«

Ein weiteres Mal ziept es am Ohr. Mag die Anna ned, dass die Traudl ihren Gustl besucht?

Jetzt fang ich an zu spinnen, glaub ich. Der nächste Schritt wäre, dass ich die Sterne befrage. Ob sie mir vielleicht was anderes erzählen als der Traudl?

»Ja aber was machst denn sonst, Minnie-Spatzl?«

Ich seufze und weiß, ich muss ihn beruhigen.

»Ich wollte eh zum Alex ziehen, bis sich die Sache beruhigt hat. Und derweil such ich mir was Neues.«

Er atmet erleichtert auf, und ich heb den Finger.

»Und diesmal schweigst du.«

Wieder der unglückliche Dackelblick. »Dann macht sie sich doch Sorgen.«

Es liegt mir auf der Zunge, zu sagen, dass es mir wurscht ist. Nur wäre das gelogen. Und damit habe ich meine wahre Krux offenbart. Auf gut bairisch: Es ist ein Kreuz mit mir, dass ich ned mag, dass sich jemand Sorgen macht.

»Gustl, ich bin erwachsen. Ich kann machen, was ich will. Das müsst ihr zwei endlich mal begreifen«, versuche ich es auf die logische Tour, aber er schüttelt den Kopf. Die Sonne, die gerade noch über die Häuser auf die Straße scheint, zaubert Schweißtropfen auf seine Stirn.

»Du bist doch wie unser gemeinsames Kind. Das von der Traudl, meins und auch das von der Anna. Mir müssen auf dich aufpassen, weil du viel zu sehr an das Gute im Menschen glaubst, Minnie. Du brauchst uns, dass wir auf dich schauen.«

Ich seufze, dann geb ich ihm ein Busserl auf die Backe.

»Mach's gut, Gustl. Bis bald.«

Ich überquere den Zebrastreifen und stolpere dabei beinahe über einen Hund. Ein hellbrauner Jagdhund mit hängenden Ohren und einem wachen Gesichtsausdruck.

»Na, sag amal. Pass besser auf!«

Ungerührt von meiner Mahnung läuft er weiter und benutzt nicht nur den Zebrastreifen. Autobremsen und die Reifen auf der Straße quietschen, bis der Verkehr wegen des Hundes zum Erliegen kommt. Macht nix, die brauchen hier gar nicht so rasen. Dann kämen ich und viele andere auch leichter über die Straße, ohne ständig bis zum einzigen Zebrastreifen hatschen zu müssen.

Der Hund trabt fröhlich bis vor die Schranne, wo er sich in die Sonne legt. Langgestreckt, den Kopf am Boden, wie tot. Alle Leute müssen um ihn, den faulen Hund, herumgehen.

Mir fällt ein, dass ich ihn schon des Öfteren gesehen habe. Der sonnt sich gerne. Wem er wohl gehört?

Ich betrete den Haustierladen, und meine Laune rutscht wieder in den Keller beim Wissen, dass ich ausziehen muss.

Der Franz saust auf mich zu. Seine Haare stehen wie immer verstrubbelt durch die Gegend. Seine Brille passt nicht so richtig, deshalb schiebt er sie den ganzen Tag rauf und runter. Kunde im Laden – Brille rauf, am Computer – Brille runter. Die kleinen braunen Äuglein glitzern lebhaft.

»Mei, Minnie, das ist ja super, dass du da bist. Darf ich dir kurz den Laden anvertrauen? Ich brauch unbedingt an Kaffee und a Eis.«

»Du, Franz, das ist jetzt schlecht, ich muss packen. Ich zieh vorerst zum Alex.«

»Ach Minnie, nur eine halbe Stunde, bitte.«

Auf meine Aussage geht er gar nicht ein. Der Franz hätte gut ein Stück von meiner zu großen Empathie abbekommen können. Und etwas Fleiß wäre ebenfalls nicht verkehrt gewesen; er ist wirklich ein fauler Hund.

Immerhin kann er wohl die Miete von der Traudl zahlen, die natürlich durch die »Hausmeisterdienste« geringer ist als gewöhnlich. Vorstellen kann ich mir das nicht. Denn den größten Umsatz mache vermutlich ich für ihn, und der ist nicht erwähnenswert. Nachdem er bald auf mich verzichten muss, werde ich erneut weich.

»Pass auf, gib mir eine halbe Stunde, dann stell ich mich in den Laden. Aber um fünf musst du wieder da sein.«

Um fünf kommt Alex aus der Bank und holt mich ab.

Franz nickt eifrig, und ich schleiche geknickt nach oben. Ein paar Sommerklamotten, meine Lieblingsstrickjacken, Zahnbürste und ein, zwei nette Dessous, damit ich Alex vom heutigen Treff mit dem Komplizen ablenken kann. Die Tauben sind grad zu zweit am Nest, als ich meinen Laptop von Balkonien hole.

»Ich weiß nicht, was die Traudl mit euch macht. An eurer Stelle würde ich mein Nest woanders aufbauen. Denn mietfrei geht hier nix mehr«, rate ich ihnen und ernte nur ein zufriedenes Gurren.

Das Wetter auf meiner App sagt Regen voraus. Ich ignoriere es, weil die App der depressive Teil auf meinem Handy ist. Die halbe Zeit ist das Wetter deutlich besser als vorhergesagt. Die Regenjacke bleibt also da.

Ich schaue noch mal durch mein Refugium. Eine Zwei-Zimmer-Altbauwohnung, ganz nett, aber nicht die modernste. So gemütlich werde ich es trotzdem nie mehr haben. Überall steht Getöpfertes herum, was ich nicht hergeben wollte oder nicht verkaufen konnte. Hauptsächlich seltsame Viecherl mit Abnormitäten – mei, eben ein bisserl missglückt.

Die Klamotten im schmalen Kleiderschrank passen in einen Koffer. Den ich nicht besitze, denn ich war nicht oft woanders. Mal in Regensburg, um eine Freundin zu besuchen. Einmal mit Alex auf Menorca. Mit meiner Mutter ein paar Mal in München im Museum. Da braucht man keinen Koffer. Obwohl ich da einiges gesehen hätte, was einpackenswert gewesen wäre. So ein Kofferinhalt hätte mich allerdings geradewegs in eine Justizvollzugsanstalt gebracht.

Ich hänge meinen Laptop um, schultere die Tasche und

schließe die Tür hinter mir. Der Kloß in meinem Hals ist ein echter bayerischer Semmelknödel. Den schluckst du nicht so einfach runter.

Dem Franz fällt tatsächlich auf, dass ich bepackt bin.

»Hey, fahrst in Urlaub, Minnie?«, fragt er, hat aber keine Zeit auf die Antwort zu warten. Schon ist er an der Tür – bimbam, die Türglocke – und draußen ist er.

Seufzend lehne ich die Tasche an die Wand. Eigentlich interessiert es mich wirklich, was er verdient. Der Rechner läuft, wie immer, weil der Franz dauernd zockt. Ich klicke mich nur mit einem ganz kleinen schlechten Gewissen durch die Programme, die er offen hat. Kriegsspiele, Schafkopf, die Mails hat er grad abgerufen. Da sind einige da, stelle ich verwundert fest. Es geht um Lieferungen nach München und Berlin. Schau an, der ist glatt im Onlinehandel drin, der Batzi. Hätt ich ihm gar nicht zugetraut, aber nun weiß ich, woher das Geld für die Miete kommt.

Seltsam ist nur, dass er mich noch nie zum Verpacken von Hundebürsten oder Fressnäpfen eingespannt hat. Er ist nämlich auch da groß im Delegieren. Außerdem hat er den Lagerplatz gar nicht. Also wird er wohl nur ein Zwischenhändler sein. Einer von denen, die Kohle einschieben fürs Vermitteln von Aufträgen. Die offenen Websites belegen das: Großhandel für Hundezubehör, Amazon Marketplace, Werbung in einer Tier-Zeitschrift. Franz ist fleißiger, als ich dachte.

Ich schicke den Rechner in den Energiesparmodus, denn ich hasse Verschwendung. Wenn alle mit so wenig auskämen wie ich, wären die Menschen glücklicher und unsere Erde nicht so ausgezuzelt.

Ich spaziere in mein Atelier, die Kunden, die sich herverirren, sagt mir ja die Klingel an.

Der unfertige Hund sitzt da. Dass er noch ohne Bemalung ist, gibt ihm ein bisserl ein Gruselgesicht, ein Monster-Gschau. Augen sind leicht zu töpfern, Kugeln und Lider drüber, passt. Der Schwanz und die Pfoten mit den Krallen sind auch keine Zauberei. Das größte Problem waren die Lefzen, die sind geschafft. Morgen geht es ans Bemalen des Corpus Canis, damit er rechtzeitig fertig ist. Ja, ich bin termintreu, wie die BWLer sagen.

Ich schaue mich um. Auf den Regalen liegen schön geordnet Werkzeuge und Material. Der Boden ist, bis auf den Platz um den Hund, sauber. Ich bin eine ordentliche Arbeiterin, das weiß ich. Denn sogar der Giovanni aus dem *Roma*, dem Eiscafé, in dem ich im Sommer an drei Nachmittagen oder Abenden spüle, sagt es.

Nur meiner Mutter kann ich es nicht recht machen. Wieder schlucke ich schwer an einem Knödel, da rumst es. Ich zucke zusammen. Hört man das jetzt schon, wenn sich der Knödel durch die Speiseröhre quetscht und im Magen aufkommt? Oder im Herz oder wo auch immer ein seelischer Knödel landet?

Im Atelier ist nichts runtergefallen, das hätte ich ja gesehen. Ich halte die Luft an und schleiche nach vorne in den Laden. Niemand da. Es bleiben nur die Toilette, die der Franz und ich uns teilen, und das Lager vom Franz.

Im Klo ist nichts und niemand. Wer ist eigentlich mit Putzdienst dran?

Leise mache ich die Tür zum Lager auf. Ich höre Atmen und Schniefen. Ein Igel?

Ich tippe auf den Lichtschalter und gehe unwillkürlich einen Schritt zurück, denn es ist kein Stachelgetier, sondern ein Wesen mit blondem strähnigen Haar, das ich heute schon einmal getroffen habe. Der Tassilo-Komplize schaut mich aus rotgeweinten Augen an. Wie jung ist der Kerl, dass er noch weint? Zumindest rennt er nicht wieder davon. Ich bemühe mich trotz des aufkommenden Mitleids um einen strengen Ton, schließlich kann er sich hier nicht einfach ins Lager hocken, ohne zu fragen.

»Was machst du da?«

Oje, den Blick kenne ich. Dackelblick mit Triefaugen.

»Du hast gesagt, du willst mir helfen?«

Vorsichtig erwidere ich: »Na ja, kommt darauf an womit.«

»Ich kann nicht zur Polizei und ... ich weiß nicht wohin.«

Astreines Hochdeutsch – weder Berchtesgaden noch Kiefersfelden, aber das war ja schon klar.

»Wie bist du hier reingekommen?«

»Ich hab gesehen, dass du hier mit dem Ladenbesitzer gestanden bist. Auf einmal warst du weg und der Typ auch. Da hab ich mir gedacht, ich warte mal, ob du wiederkommst.«

»Glück gehabt, ich wollte gerade ausziehen.«

Er blickt mich panisch an. »Echt? Was mache ich dann jetzt? Kann ich mit dir kommen?«

Zu Alex? Eher nicht.

»Das nicht, aber vielleicht fällt mir was ein. Doch zuerst will ich einen Ausweis sehen. Wenn was ist, will ich wenigstens deinen Namen wissen und wo du her bist.«

Er zögert, und ich ziehe die Augenbrauen hoch. Ich weiß, dass nichts an mir furchteinflößend ist. Doch wenn man keine Wahl hat, macht es möglicherweise den Unterschied.

Bingo, die Würfel sind zu meinen Gunsten gefallen.

Er reicht mir seinen Ausweis: Oliver Wißmann aus Neukeferloh.

»Okay, dann komm mal mit.«

Er folgt mir durch den Laden, während ich einen Blick auf

die Turmuhr werfe. Halb fünf.

Ich hänge das Schild »Bin gleich zurück« an die Tür, sperre ab und gehe mit ihm ins Treppenhaus.

Leise gebe ich wichtige Anweisungen: »Zieh die Kapuze drüber, sonst erkennt dich jemand. Und wenn die Frau Kreuzpointner, das ist die Dame, die ihr beklaut habt, die Tür aufmacht, gehst du ruhig weiter. Bis in den obersten Stock. Dort wartest du, bis ich nachkomme, verstanden.«

Wir steigen flott die Treppe hinauf und haben Glück, es läuft die Musikparade der Volksmusik. Ich höre die Tuba bis vor die Tür.

So schnell bin ich wieder in meiner Wohnung drin. Ich weiß, ich habe nicht lange Zeit. In 30 Minuten steht Alex unten.

Ich schiebe Oliver zum Küchenstuhl, auf den er sich brav setzt. Dann stelle ich ihm ein Glas Wasser vor die Nase, das er austrinkt, während er sich neugierig umschaut.

»So, jetzt erzähl mal!«

»Was willst du wissen?«

Seine Schuhe sind feucht, sehe ich nun. Nachdem es seit Tagen warm und sonnig ist, gibt es nur eine Folgerung.

»Du bist gerade noch aus dem Weiher rausgekommen?«, frage ich ihn betroffen.

»Ja, Tassilo habe ich nicht mehr rausholen können. Aber der war, glaube ich, schon tot.«

Ihn schaudert es bei der Erinnerung an das Erlebte.

»Wer hat ihn umgebracht?«

»Das weiß ich nicht.«

Ich schaue ihn ungeduldig an, und er beginnt zu zittern. Vermutlich nicht meinetwegen.

»Ehrlich nicht! Ich war im Auto eingeschlafen. Plötzlich quietschen die Bremsen, ich höre Tassilo schreien und kriege den Airbag voll ins Gesicht.«

Er überlegt, sucht nach Worten und wohl auch nach der Erinnerung, in der es Lücken gibt. Er spricht mal schnell, mal mit Pausen dazwischen.

»Tassilo schreit wieder. Dann geht die Tür auf, und ich hoffe, dass mir jemand raushilft. Stattdessen knallt und rumst es. Und alles wird dunkel.«

Er atmete heftig und viel zu hektisch. Wo hätte ich eine Papiertüte, falls er hyperventiliert? Damit kenne ich mich nicht aus. Mist, jetzt könnte ich Toni, meine Freundin, brauchen. Die ist Erzieherin und hat eine entsprechende Ausbildung: erste Hilfe und psychologisches Blabla.

»Äh, Oliver, bleib mal ruhig, du bist hier in Sicherheit. Alles okay«, versuche ich es. Der Atem wird langsamer, aber der Blick zeigt reines Unverständnis. Verständlicherweise. Nichts ist okay. Sein Freund ist tot und er mit vollen Hosen auf der Flucht. Trotzdem klingt seine Stimme fester, als er fortfährt.

»Ich bin aufgewacht, weil es so kalt wurde. Da habe ich gesehen, dass die Scheibe meiner Tür schon halb unter Wasser ist. Das Auto war gerade dabei, im Weiher zu versinken.«

Nun bin ich kurz davor zu zittern, als ich mir das bildlich vorstelle. Wirklich beängstigend.

»Ich habe versucht, die Tür aufzumachen. Das ging nicht, zu großer Außendruck. Die Fenster hatten keine Kurbel, also habe ich etwas gesucht, um das Fenster zu zerstören. Ich wusste, dass Tassilo ein Messer in der hinteren Hosentasche hat. Er saß neben mir und hat sich nicht bewegt.«

Jetzt wirft ihn die Aufregung hin und her. Und mich auch. Wie kommt man denn da raus? Aus einem modernen Kleinwagen ohne Fensterkurbel?

Oliver fängt wieder an zu weinen, und ich schäme mich, dass ich ihn vorhin nicht verstanden habe.

»Das ist ja furchtbar, Oliver. Wie hast du es geschafft?«

Er richtet sich auf, reißt sich am Riemen.

»Ich habe Tassilo mit Müh und Not das Messer aus der Hosentasche gezogen und mit dem Griff das Fenster eingeschlagen.«

In der folgenden Sprechpause wird er blass, nein, eher froschgrün. Ein boshafter Vergleich, wenn man an den Teich denkt.

»Die Luft ist mir ausgegangen, als ich versucht habe, mich durch das kaputte Fenster zu zwängen. Ich glaube, es war knapp, dass ich nicht ertrunken bin. Als ich endlich am Ufer lag … Ich bin nicht mehr runtergetaucht, um nach ihm zu sehen«, sagt er leise, und ich sehe, wie das schlechte Gewissen an ihm nagt. Er tut mir so leid.

»Du hättest nichts mehr tun können, Oliver. Sie haben ihn erschossen. Und du hast keine Stimme erkannt? Niemanden gesehen?«

»Die einzige Stimme außer Tassilos, die ich gehört habe, war mir unbekannt. Was soll ich jetzt tun?« Die blauen Augen schauen mich kugelrund-verzweifelt an.

»Was ist mit deiner Familie?«

»Da kann ich nicht hin. Ich bin abgehauen, hab das Genörgel daheim nicht mehr ausgehalten.«

»Das kenne ich.« Neugierig schaut er mich bei meinem Seufzer an.

»Freunde, Freundin?«, frage ich weiter. Er schüttelt den hängenden Kopf mit den blonden Haaren.

»Die habe ich alle sitzengelassen, weil mir Tassilo versprochen hat, dass ich auch ohne Paukerei groß rauskomme.«

Nun seufzt er: Dummheit erkannt.

»Kannst du mir Geld leihen?«

Ich runzle die Stirn. »Ernsthaft? Ihr habt doch gesammelt.

Bloß vermutlich nicht für den Schutz der Alpenwälder?«

Dumme Frage, aber es könnte ja in einer entfernten Galaxie und so weiter der Fall sein, dass es stimmt.

Jetzt bewegen sich die Haare nicht mehr, so still hält er sich. Es ist ihm peinlich.

»Ihr betrügt die alten Leute an der Haustür. Die Karte ist übrigens schon gesperrt, Spezi«, sage ich nun ärgerlich. Sein Blick wird klarer. Dann rappelt er sich langsam hoch.

»Gut so! Es war mir nicht recht, doch ich hatte keine Wahl. Das Geld ist weg, mit allen Karten und was wir sonst noch gefunden und mitgenommen haben.«

»Das hat jetzt der Mörder vom Tassilo?«

Er nickt. Erneut versuche ich es mit dem einzig Richtigen – der Vernunft.

»Komm mit zur Polizei, erzähl ihnen, was du weißt. Sie fahren dich nach Hause oder finden woanders einen sicheren Platz für dich.«

»Bitte nicht, meine Eltern bringen mich wahrscheinlich um«, murmelt er erschöpft. Viel geschlafen hat er in der vergangenen Nacht sicher nicht. Das Mitleid steigt wieder in mir hoch, aber nicht nur für Oliver.

»Und mich bringt mein Freund um, wenn er hört, dass ich nicht sofort die Polizei gerufen habe, sondern mit dir rede.«

Ich denke, ich bin in größerer Gefahr.

Als hätte er meine Gedanken gehört, ruft Alex an. Ich lege den Zeigefinger auf die Lippen, und Oliver nickt.

»Alex, ich komme runter.«

»Soll ich raufkommen und tragen helfen?«

Der süße Kavalier.

»Lieb von dir, aber es steht alles bereits unten im Laden. Ich musste noch mal schnell in die Wohnung. Bin gleich da.«

Oliver und ich starren uns an.

Was soll ich tun? Die Polizei rufen? Er braucht eine Atempause zum Nachdenken, danach wird er sich schon freiwillig stellen.

»Hör zu, du kannst hier heute Nacht bleiben, okay? Du verlässt auf keinen Fall die Wohnung, bis ich morgen – so gegen neun – zurückkomme. Dann sehen wir weiter.«

Erleichterung zieht über sein Gesicht. »Echt? Das ist klasse, vielen Dank.«

»Gnade dir Gott, falls was fehlt oder du weg bist, wenn ich komme!«

Er nickt eifrig. »Nein, du kannst dich darauf verlassen.«

»Und mach kein Licht an, hörst du. Sonst hast du meine Mutter oder die Polizei am Hals, weil die wissen, dass ich heute nicht hier schlafe.« Und demnächst auch nicht mehr, fällt mir traurig ein, als ich die Tür hinter mir zuschließe.

Die Schlüssel habe ich alle mitgenommen: die von der Wohnung, meiner Vespa, vom Atelier und dem Radl, das dort steht. Bei allem Mitleid denke ich doch manchmal nach. Ein wenig.

Blumenmädchen und Sexgott

Seltsamerweise spricht Alex mein Treffen mit Oliver nicht an. Die Traudl und der Gustl haben offensichtlich ein schlechtes Gewissen, weil sie ausnahmsweise dichthalten.

Mein Freund überschlägt sich fast, mir einen romantischen Abend zu bereiten. Trotzdem kann ich die Traurigkeit aus meinem Herzen nicht völlig vertreiben. Nach dem Essen liegen wir auf der großen Wohnlandschaft – so nennt man diese riesigen Couchen, auf denen eine ganze Familie mit Tanten und Onkeln übernachten könnte.

Die Romantik wird von der Leidenschaft vertrieben, was ich in meinen Büchern etwas ausführlicher beschreiben würde. Aber jetzt ist mir nicht danach. Weder nach dem Beschreiben noch nach der Leidenschaft, ehrlich gesagt.

Mein einfühlsamer Freund merkt das natürlich. Ja, ich habe auch hier Glück und weiß es manchmal zu wenig zu schätzen. Alex sieht nicht nur klasse aus, hat Kohle und ist sympathisch.

Nein, er kann in mir absonderlichem Wesen lesen und ist dann, wenn nötig, sehr liebe- und verständnisvoll.

»Du wärst lieber in deiner Wohnung?«, fragt er leise und spielt mit meinen Locken, die auf seiner Brust liegen. Ich kuschle mich an ihn, fühle mich innerlich leer und ärgere mich über meine Undankbarkeit.

»Ich bin gern bei dir, doch der Gedanke, dass ich dort nicht mehr hin kann ...«, ich schlucke schwer. Er richtet sich auf und beugt sich über mich. Seine schönen blauen Augen gleiten über mein Gesicht.

»Wer sagt, dass du nicht mehr hinkannst, Minnie? Also, du weißt, du kannst jederzeit hier einziehen, aber nur, wenn du willst.«

Er weiß es tatsächlich nicht. Die Traudl hat offensichtlich ebenso geschwiegen wie der rhetorisch unbremsbare Ex-Bulle. Erstaunlich. Ich setzte Alex also von der neuen Lage in Kenntnis.

»Traudl und ich haben uns gefetzt. Sie hat mir wieder vorgeworfen, dass ich auf ihre Kosten lebe. Deshalb suche ich mir jetzt eine andere Wohnung. Irgendwas Kleines mit Atelier. Vermutlich wird es nix in Wasserburg geben, in Radlnähe vielleicht.«

Alex legt seine Hand mit den langen schönen Fingern unter mein Kinn und küsst mich ganz sanft. Ich fühle mich wie eine Elfe, eine Prinzessin. Das ist wunderschön, aber nichts für vierundzwanzig Stunden, denn das ließe mein Temperament nicht zu.

»Mein Angebot steht«, flüstert er an meiner Schläfe, was dann doch meinen Körper aufweckt und neugierig auf Kommendes macht. »Pscht, still. Ich weiß, dass du nicht zu mir ziehen willst. Sehr schade.«

Ich sehe ihn ein wenig hilflos an.

»Was findest du an mir, Alex? Ich bin nur schwierig. Du könntest es leichter haben, viel leichter.«

Er lächelt, und mir wird schummrig. Wie dumm bin ich

eigentlich, ihn mit der Nase darauf zu stoßen? Ich will ihn nicht verlieren. Nicht ihn auch noch.

Fest schlinge ich meine Arme um seinen Hals und ziehe seinen Kopf zu mir herab. Der Kuss ist zunächst verzweifelt, dann wandelt er sich aber schnell in leidenschaftlich. Alex steigt mit ein. Keine Chance ungenutzt verstreichen lassen, das ist sein Motto. Und ich vergesse bald meine schwermütigen Gedanken.

Schweratmend liege ich einige Zeit danach auf ihm und fühle mich glücklich. Bis auf eine kleine Melancholie, die ich verliere, als ich Alex' Gesicht liebevoll mit Küssen bedecke.

»Womit habe ich das verdient?«

Sein Grinsen sollte meine Ehrlichkeit eigentlich gleich abwürgen, denn meist merkt er sich Lob oder Gefühlsduselei meinerseits ganz genau und hält sie mir bei nächster Gelegenheit vor.

Über uns prasselt der Regen aufs Dachfenster von Alex' Penthouse-Maisonette-Wohnung. Das hat der Wetterdienst angesagt. Von Überschwemmungen war die Rede. In einer Stadt, die vom Inn bis auf eine Stelle umschlossen ist, kein angenehmer Gedanke. Aber da muss schon viel Wasser den Alpenfluss runterkommen, bis es so weit ist.

Alex stupst mich an. »Und? Was wolltest du sagen?«

Ich fange an zu lachen. »Wollte ich etwas sagen?«

Er reibt mir sein Kinn mit den Bartstoppeln am Hals entlang und freut sich, dass ich quietsche und einen Fluchtversuch starte. Seine Arme legen sich kraftvoll um mich.

»Sag es!«, fordert er amüsiert. Seine Augen glitzern. Das gefällt ihm, und mir auch, doch das braucht er nicht zu wissen. Dennoch ist es mir wichtig, dass ich ihm einmal sage, was er mir bedeutet. Das tu ich nicht oft. Denn es wäre kontraproduktiv, einen Mann mit überdimensionalem Selbstbewusstsein noch zu bestärken. Aber heute muss es sein, es muss aus mir heraus.

»Du bist ein guter Mann, Alex«, ich mache es schlicht.

Seine Augen weiten sich, er spürt meinen Ernst. Schweigend wartet er. Es fällt mir schwer weiterzusprechen.

»Du verstehst mich, obwohl ich so ein Chaosbündel bin. Und kümmerst dich, obwohl ich so oft querschieße.«

Er nickt nachdenklich. Seine Stimme ist sanft.

»Das ist richtig. Und es sind lauter Sachen, die du ändern könntest.«

Ich schweige geschockt. Dann spüre ich seine weichen Lippen auf meinen, bevor er es mir erklärt.

»Doch dann wärst du austauschbar. Du wärst nicht meine Minnie, mein verträumtes Blumenmädchen, dem Modevorstellungen und Geld völlig wurscht sind. Die verplant und unpünktlich ist. Kreativ und fürsorglich. Ich liebe dich, Minnie, das weißt du. Ich würde dich sofort fragen, ob du mich heiraten willst, aber ich weiß, ich bekäme einen Korb. Weil es dir nicht wichtig ist. Du bist anders, unglaublich liebenswert, und das wiegt die Schwierigkeiten, die du oft machst, bei Weitem auf.«

Ich starre ihn überwältigt an. So hat er noch nie zu mir gesprochen. Mir so ernst seine Gefühle gestanden. Es tut mir unendlich gut, und ich spüre entsetzt, dass mir Tränen in die Augen steigen.

Das gefällt ihm, dem Macho. Das sehe ich am leichten Lächeln, das jedoch nicht spöttisch wirkt.

Ein bisschen weniger sanft fährt er fort: »Wobei es mir schon recht wäre, wenn du dich aus gefährlichen Situationen raushalten würdest. Die Angst um dich kostet mich Nerven, das ist oft zuviel.«

»Ich weiß, aber ich mache es nicht mit Absicht. Diese

Situationen finden mich einfach. Alex, ich muss dir was sagen ...«

Nach seinem Geständnis kann ich doch Oliver in meiner Wohnung nicht verheimlichen.

Alex grinst und unterbricht mich.

»Es ist der grandiose Sex, nicht wahr? Dass du dich ab und zu auf die Ebene eines Nichtträumers herablässt.«

Ich starre wieder, dann pruste ich los, und er guckt ein wenig beleidigt. Schnell und nicht unbedingt glaubhaft erwidere ich: »Sicher, mein Sexgott, nur deshalb.«

»Minnie, das ist nicht lustig. Das raubt mir jede männliche Regung. Testosteron verschwindet bei Gekicher.«

»Für heute ist es eh genug mit Testosteron, mach dir nichts raus. Chill einfach und lass es gut sein«, ärgere ich ihn, denn ich weiß genau, wie sehr er es hasst, wenn ich »Chill mal« sage. Ich dagegen hasse es, wenn ich mich über irgendwelche sinnlosen Regeln oder Gesetze aufrege und er dann in überheblichen Ton meint: »Beruhige dich, Minnie!« Da könnte ich ihm ins Gesicht springen.

Der emotionale Moment ist vorbei, denke ich erleichtert. So etwas nimmt mich viel zu sehr mit. Es bleibt jedoch noch das Oliver-Geständnis zu machen. »Alex, hör mal ...«

Doch wieder überrumpelt mich mein Freund. Er wirft mich herum, sodass ich unter ihm liege, und sieht mich mit ernstem Blick an.

»Was?«, frage ich nervös.

»Nebenbei, Minnie, bist du das hübscheste Mädchen, das ich kenne. Und ich liebe es, wenn du im Minikleid mit Sneakers auf meine Abendveranstaltungen mitgehst. Denn obwohl der ein oder andere missbilligend schaut, sind sie alle nur unendlich neidisch auf mich. Du lässt dich einfach nicht verbiegen.«

»Gut, dass du Sommersprossen magst.«

»Ja, nicht wahr?«, lacht er, und seine schönen weißen Zähne blitzen.

»Und ich weiß, dass du ein Gegengewicht zu deinen Anzügen und Kostümchen brauchst«, setze ich noch oben drauf, was mir einen weiteren leidenschaftlichen Kuss einbringt. Mit einem Mal bin ich unglaublich müde: Die ganze Aufregung, der Couchsport und die Gefühlsduselei machen mich fertig. Ich habe keine Kraft mehr für Geständnisse.

Alex zieht mich mit sich ins Schlafzimmer, wo ich nach Sekunden einschlafe.

Am nächsten Morgen schüttet es aus allen Kübeln. Ist ja klar: Mein Regenmantel ist in meiner Noch-Wohnung. Selbst schuld.

Deshalb frühstücken wir drin, anstatt auf der hübschen Dachterrasse, deren einziges Manko die Einsehbarkeit ist. Und die Nachbarn, die das ständig ausnutzen, um mich beim Schreiben vollzutexten.

Alex hat es eilig. Wie mache ich es mit Oliver?

»Was hast du heute vor, Minnie? Soll ich dich zum Atelier fahren?«

Ich zögere, denn wenn ich direkt zu Oliver gehe und Alex kriegt es raus – nach unserem gestrigen Gespräch – wäre es ein Schlag ins Gesicht. Ich wähle einen klugen Mittelweg, so hoffe ich.

»Magst mich zum Gustl fahren?«

Sein Blick wird misstrauisch. »Warum?«

Wie formuliere ich das? Am besten Wort für Wort.

»Du willst doch nicht, dass ich allein was Gefährliches mache? Ich versuche, auf der sicheren Seite zu bleiben, was solche Situationen angeht.«

Er erstarrt. »Wo steckst du wieder drin? Warum sagst du mir das jetzt erst?«

»Du hast mich gestern nie ausreden lassen, aber ich tue mein Möglichstes, mich zu bessern, versprochen!«

Er blickt auf die Uhr, mit finsterem Gesicht.

»Ich habe in zwanzig Minuten einen Kundentermin, Minnie. Sag es mir, und ich entscheide, ob ich mich vertreten lasse.«

Ich seufze. »So unter Druck fasse ich es sicher nicht richtig zusammen.«

»Ein Satz, Minnie! Wenn ich's nicht verstehe, frage ich nach.«

Nun runzelt sich meine Stirn. »So kommandierend mag ich dich nicht besonders, Alex.«

Er seufzt. »Minnie, bitte.«

Es hilft nichts. Ich muss es schnell hinter mich bringen.

»Der Komplize des Ermordeten, der Sammler, du weißt schon …« Darf ich in den einzigen Satz beliebig viele Einschübe einbauen? Dann ginge es vielleicht. Alex wartet, unterbricht mich nicht, aber er steht auf.

Ich auch, sonst bin ich noch kleiner und fühle mich wie auf Büßerknien.

»Er heißt Oliver und ist in meiner Wohnung. Er hat Angst und geht jetzt mit mir zur Polizei.« Hoffentlich.

Alex' fassungsloser Blick zeigt mir eine neue Stufe von Entsetzen über mein Handeln. Rasch wage ich einen dritten, entscheidenden Satz: »Deswegen will ich den Gustl abholen und mit ihm hingehen.«

Das Wilde in seinem Blick schwächt sich ab. Kühl kommt die Anweisung des Meisters: »Du rufst mich an, wenn ihr bei der Polizei seid. Oder vorher, sobald es kniffelig wird. Ich lasse mein Handy trotz Besprechung an.«

Ich nicke, gespielt ruhig, was mir einen misstrauischen Blick einbringt. Dann geht es mit dem Lift in die Tiefgarage, in den flotten BMW, auf die Straße – die sich mittlerweile in einen Bach verwandelt hat – bis vor die Haustür vom Gustl in der Siedlung an der Schanze.

Alex verlangt keinen Abschiedskuss, was mir einen Seufzer entlockt. Auch den kommentiert er nicht. Er wartet, bis mir der Gustl, der nur bei einem solchen Wetter zuverlässig daheim ist, aufmacht. Und fährt mit viel zu viel Tempo davon.

»Hat Alex es eilig? Und wie komm ich zu der Ehre, Minnie?«, fragt Gustl, als er mich in den schmalen Hausflur lässt.

Es ist der Tag der Seufzer. So an die zehn untermalen meinen Bericht. Der Gustl schüttet seinen Kaffee runter und begleitet mich, wobei er seinen Schirm netterweise über mich hält, durch die Stadt. Die Häuser sind wegen des Regens nur schemenhaft zu erkennen.

Nach einem Kurzbesuch beim Bergmeister, wo ich Semmeln und Brezen besorge, erreichen wir die Arkaden und den Eingang zum Haus. Der Laden ist offen, Franz sitzt – Überraschung! – am Computer und bemerkt uns nicht.

Wir schütteln den Regen von uns und dem Schirm und steigen die Treppe hinauf. Die Frau Kreuzpointner schaut aus der Tür, die wie so oft nur angelehnt ist. Sie könnte ja was verpassen.

»Ja, Minnie, heute warst du aber früh weg. Ich dachte, ich hab dich eben oben kruschteln gehört.«

Ja, die Knarzerei des alten Bodens. So elfengleich schwebt keiner, schon gar nicht ein junger Mann.

Ich gehe gar nicht drauf ein, das kann ich gut. Denn sonst müsste ich der neugierigen Ratschkatl mein ganzes Leben aufdecken.

Der Gustl springt ein und mahnt: »Frau Kreuzpointner, Sie lassen sicher ned dauernd Ihre Tür auf? Gerade Sie haben doch neulich erlebt, dass man vorsichtig sein muss.«

»Ja mei, Herr Wachtmeister.« Gibt es heute noch Wachtmeister? Ich muss da immer an den Dimpflmoser von Otfried Preußler denken.

»Wissens, ich seh ja keinen Menschen mehr, wenn die Tür zu ist.«

Ja, genau. Wenn du daheim bist, vielleicht. In den wenigen Minuten, die natürlich beim schlechten Wetter gehäuft auftreten, fasse ich innerlich grinsend zusammen, grüße und gehe weiter.

Nachdem er eine Kaffeeeinladung, einen Obstler und einen gemeinsamen Fernsehvormittag ausgeschlagen hat, hetzt mir der Gustl hinterher. Auch die Frau Kreuzpointner ist nicht immun gegen den Witwercharme. An der Tür nimmt er mir den Schlüssel aus der Hand und nickt mit dem Kopf, weil ich zur Seite treten soll.

FBI-Agent macht sich zum Wohnungssturm bereit. Ich verbeiße mir das Lachen.

Das Schloss ist auf, und Gustl öffnet die Tür sperrangelweit. Da schlüpfe ich schnell an ihm vorbei. Nicht, dass Oliver erschrickt und Gustl eine Bratpfanne überzieht. Die sind bei mir aus alter gusseiserner Qualität, weil ich nicht einsehe, auf den modernen Zug aufzuspringen, wenn die Pfanne von der Oma noch im 1a-Zustand ist. Gustl schließt die Tür, und ich rufe nach meinem unfreiwilligen Gast. »Oliver? Ich bin es, Minnie.«

Sein blonder Kopf schaut aus dem Wohnzimmer ums Eck. Er wird blass, als er den Gustl sieht, wirkt aber schon fitter als gestern. Das sage ich ihm auch.

»Oliver, das ist der Gustav Romberger, ein guter Freund, der uns beiden helfen kann.« Verbrüderung ist wichtig bei misstrauischen, fluchtbereiten Wesen. Dann folgt Stufe zwei der Beruhigung, das Essen.

»Setzt euch doch, ich mache einen Kaffee. Ich hab Semmeln mitgebracht.«

Die Männer nehmen Platz, mustern sich schweigend, während ich vor mich hin plappere. Der Regen ist neu, also ein perfektes Smalltalk-Thema.

»Und ich habe natürlich den Regenmantel daheim gelassen«, beende ich das ebenso wie der Regen ergiebige Thema und gieße den Kaffee in drei Tassen. Dann setze ich mich dazu und sehe Oliver auffordernd an.

»Iss schon. Hast du gestern eigentlich was bekommen?«

Er schüttelt den Kopf und greift zu. Mein mahnender Blick trifft Gustl, damit der nicht sein fehlendes Mitleid für hungrige Gauner bekundet.

Als Oliver die zweite Semmel verputzt hat, fange ich an, Gustl die Situation zu erklären. Oliver vergeht natürlich der Appetit.

Der Romberger Gustl ist Polizist mit Leib und Seele und hat viel Erfahrung. Deswegen bin ich beruhigt, als er indirekt meiner Handlungsweise recht gibt. Sehr indirekt.

»Also mal abgesehen davon, dass die Minnie sich dauernd einmischt und schon viel zu oft selbst in Gefahr gebracht hat, muss ich sagen, verstehe ich, dass du erst mal auf und davon bist. Aber, Oliver, wie soll das weitergehen? Du kannst nicht dein Leben lang auf der Flucht sein. Du musst Geld verdienen oder noch besser die Schule beenden. Hat der Kersthoff deinen Namen?«

Oliver überlegt. »Von mir nicht. Natürlich kann es sein, dass Tassilo den weitergegeben hat. Kersthoff wird ja wissen wollen, wer für ihn arbeitet.«

Gustl und ich nicken. Würde ich als Gangster auch nicht anders machen. Man will ja im Bilde sein, wer einen vielleicht mal verpfeifen könnte.

»Hat er dich mal gesehen?«, hakt der Profi nach.

»Ja, als Tassilo die Ausweise abgeholt hat.«

»Wann hast du gemerkt, worum es geht?«

»Als wir an der ersten Tür standen, an der Tassilo geklingelt hat. Bis dahin hat er was von gemeinnützig und bezahlt gefaselt.«

Olivers Ton klingt bitter. Verständlicherweise, denn »gemeinnützig« und »bezahlt« schließt sich im Allgemeinen aus. Das zeigt schon eine tiefe Naivität des jungen Mannes.

Gustl nickt. Ich kenne ihn, jetzt legt er seine erste Daumenschraube an.

»Das weiß die Polizei aber nicht. Die sucht dich als Komplizen. Wie viele Tage hast du das mit Tassilo gemacht?«

»Das war die zweite Woche. Zuvor waren wir in Berchtesgaden und Reit im Winkl unterwegs.« Er schluckt schwer und sieht mich an. »Was mach ich denn nun, Minnie?«

»Was war das mit dem Italiener, den du gestern erwähnt hast? Den der Kersthoff umgebracht haben soll?«

Er wird kreidebleich und antwortet widerwillig: »Der hätte Schutzgeld zahlen müssen, hätte noch zwei Tage Zeit gehabt. Dann hat man ihn am Berghang in der Nähe vom Königssee gefunden. Angeblich abgestürzt. Tassilo hat den Kersthoff belauscht, wie er dem Italiener gedroht hat.«

»Paolo Valeggio, vorgestern tot aufgefunden, ohne Spuren von Gewalteinwirkung bis auf Abriebstellen an den Handgelenken, die auch durch eine Fesselung hätten entstehen können. Eine völlig verängstigte Ehefrau, die mit den Kindern geflohen ist«, murmelt der Gustl in Gedanken vor sich hin. Das passt zusammen.

»Hat der Tassilo sterben müssen, weil er den Kersthoff erpresst hat?«, frage ich spontan nach, und die beiden Männer schauen mich an, als sei ihnen die Erleuchtung widerfahren.

Oliver flüstert: »Das hat Tassilo gemeint: ›Außerdem hab ich was gut beim Boss‹.«

»Und weil der Boss weiß, dass du tagelang mit Tassilo unterwegs warst, nimmt er an, dass der es dir erzählt hat.«

Er ist einen Moment sprachlos vor Angst, bevor er uns einen weiteren Grund dafür nennt: »Wir haben noch Schulden bei Kersthoff. Er hat unsere Aktion finanziert.«

Irritiert erkundige ich mich. »Was genau?«

»Na, die Ausweise und den Wagen, glaube ich.«

»Ihr habt Schulden für gefälschte Papiere gemacht? Um wie viel Geld geht es da?« Der Gustl klingt allmählich ziemlich angefressen.

»Vierhundert Euro«, kommt es leise von Oliver, und ich unterdrücke ein Aufjaulen. Wie dumm kann man sein?

»Du hattest noch nie viel mit Geld zu tun, nicht wahr?«, frage ich ruhig, und er nickt. »Meine Eltern haben immer alles gezahlt.«

»Vierhundert Euro für zwei Papierausdrucke, die eingeschweißt wurden. Ich würde mal sagen: Die Ausgaben von Kersthoff liegen etwa bei 1,50 Euro. Wann hättet ihr die zahlen müssen?«

Oliver sinkt in sich zusammen.

»Gestern. Er meinte, nach zwei Wochen Sammlung hätten wir genug Gewinn gemacht. Ich bin also in Gefahr, siehst du! Ich muss verschwinden.« Wieder ist da die Panik in seiner Stimme, die mir weh tut. Seine Dummheit wurde ja bereits gestraft.

»Jetzt mal langsam, Junge«, sagt der Gustl streng. »Hier bist du absolut sicher. Es schüttet, und du hast nichts dabei außer dem Zeugs, das du anhast. Du hast kein Geld, hat die Minnie gesagt, und willst nicht nach Hause: Warum eigentlich nicht? Waren sie gemein zu dir? Hat dich jemand geschlagen?«

Oliver schüttelt den Kopf. Er wird rot, es ist ihm peinlich.

»Nein, sie haben genervt. Die Noten müssten besser werden, damit ich einen Job kriege. Ich wollte ihnen beweisen, dass es auch ohne Abschluss geht.«

Oliver reicht diese Aussage anscheinend.

In meinem Kopf drehen sich aber jetzt die Rädchen. Das LKA ist hinter Kersthoff her. Wegen seiner anderen Vergehen. Vielleicht bricht ihm der Mord das Genick, wenn man ihn mit diesem in Verbindung bringen kann. Trotzdem habe ich das Gefühl, uns dreien entgeht etwas Entscheidendes.

Gustl und ich schauen uns an und seufzen.

Oliver hebt den Kopf, sein fragender Blick trifft mich. Ich lächle ihn an. Es gibt nur eine Antwort, obwohl sie mir zuwider ist.

»Ein Abschluss ist wichtig, so hältst du dir die Möglichkeiten offen, Oliver. Ein Abi hab sogar ich, nur nichts draus gemacht, frag meine Mutter. Es geht mir nicht schlecht, aber ich bekomme von ihr die Wohnung günstiger, was mich in eine Bittstellerposition bringt. Deswegen such ich mir jetzt auch was anderes. Ich hab es satt, mir das vorhalten zu lassen.«

»Du glaubst nicht im Ernst, dass sie das mundtot machen wird, Minnie, oder?« Der Gustl weiß es genauso gut wie ich, dass das nie das Schicksal meiner Mutter sein wird.

»Nein, vermutlich nicht. Aber zumindest liege ich dann nimmer auf ihrer Tasche.«

Zu Oliver sage ich: »Bis auf das Gemecker meiner Mutter gefällt mir mein Leben. Ich töpfere, mache Stadtführungen, schreibe Romane und manchmal einen Artikel für die Online-Zeitung, ich spüle im Eiscafé.«

Er grinst über mein Berufs-Potpourri, und ich hebe den Finger.

»Das alles geht nur, weil ich wenig Geld benötige. Ich geh

kaum weg, weder zum Essen noch ins Kino. Ab und zu zum Tanzen. Ich habe kein Auto, nur eine alte Vespa und ein Radl. Ich bin kein Modehäschen und brauche selten einen Friseur.«

Gustl kichert, und ich muss lachen. »Nun gut, meine Mutter meint, den bräuchte ich sehr wohl. Aber solange ich mich anschauen kann ...«

»Und dem Alex gefällt dein Kopf ja auch, Minnie. Und nicht nur der Kopf«, stichelt Gustl. Damit er kein Oberwasser bekommt, bremse ich ihn aus: »Ja, es gibt viele nette Stellen an mir, die meine Mutter nicht beurteilen kann und wird.«

Bei den Worten wird der Gustl wie erwartet rot und schweigt. Das funktioniert immer, wenn er mich zu sehr ärgert und ich mich wehre. Oliver grinst bis zu den Ohren bei dem Geplänkel.

Wieder ernst rate ich ihm: »Du darfst nicht aufgeben und dich ein Leben lang verstecken. Sag der Polizei, was du weißt. Daraus werden sie eh keinen Fall machen können, weil du selbst nichts gesehen hast. Dass dir der Tassilo irgendetwas erzählt hat, reicht für keine Anklage, gell, Gustl?«

Mein Freund nickt betrübt. »Darauf wird es rauslaufen. Also wirst du nirgendwo als Zeuge auftauchen. Der dich angestiftet hat, ist tot. Aus die Maus, Nikolaus.«

Ich schaue ihn kopfschüttelnd an. »Bist du nicht zu alt und gesetzt für den Spruch?«

Das ignoriert er und bietet Oliver an: »Wenn du magst, begleite ich dich zum Revier. Das sind meine Exkollegen, ich biege das schon hin. Freilich kriegst du eine Anklage wegen Betrugs, aber vielleicht kann man das niedrig halten. Einmal aussagen, eine Bewährungsstrafe, und die Sache ist rum.«

»Wie sage ich das meinen Eltern? Falls sie mich wieder aufnehmen?«

»Mit der Wahrheit. Ich kenne deine Eltern nicht, doch falls sie es dir zu schwer machen, gibt es Stellen, wo man dir hilft.«

»Muss ich ins Gefängnis bis zur Verhandlung?«

»Nein, sicher nicht«, meint der Gustl mit fester Stimme, und wir glauben ihm. Oliver fällt die Entscheidung nicht leicht, er hat Angst. Das verstehe ich gut. Ich lege meine Hand über seine, die eiskalt ist.

»Du schaffst das, Oliver.«

Er hebt den Kopf, und seine blauen Augen sehen mich traurig an. »Und der Tassilo ist tot und vergessen? Einfach so? Und sein Mörder wird nicht zur Verantwortung gezogen?«

Gustl wirft mir einen Blick zu, der mich zum Schweigen verdammt. Oliver soll nicht mitbekommen, was die Polizei, der Gustl und ich über den Kersthoff und laufende Ermittlungen wissen. Vorsichtig sagt er: »Das bearbeitet eine andere Abteilung, die auch den Arbeitgeber befragen wird. Der Fall wird sicher nicht ad acta gelegt, es ist immerhin ein glasklarer Mord.«

Eis mit Grappa

Oliver ist endlich überzeugt und macht sich mit meinem Regenmantel und dem beschirmten Gustl auf zum Revier. Geläuterte, verantwortungsbewusste Freundin, die ich bin, rufe ich gleich bei Alex an, der nur kurz fragt: »Ist alles in Ordnung?« Und mir nach meinem »Ja ...« das Wort abschneidet.

»Gut, vielen Dank fürs Bescheidgeben. Ich ruf dich in etwa einer Stunde an.«

Er ist im Kundengesprächsmodus und legt auf, bevor ich mich verabschieden kann.

Ich räume die Küche auf, denke nicht darüber nach, dass ich das hier nicht mehr oft tun kann. Denn – lacht nicht – das mache ich gerne: Porzellan, Steingut oder Glas in Händen halten und liebevoll reinigen.

Anschließend nehme ich meine Teekanne und eine Tasse und schleiche mich die Treppe hinunter, an Tuba und Ziach sowie dem quadratäugigen Franz vorbei, bis in mein Atelier.

Ich kehre die harten Tonreste vom Boden, und ziehe die schwere Figur auf der Folie vorsichtig näher zum Tisch, auf dem ich meine Farben vorbereite. Der Hund sieht mich an, als wüsste er, dass er nun perfektioniert wird.

Ein kurzer Blick auf die Wanduhr – eine mystische Scheibe mit Mondstruktur, die ich meiner Mutter getöpfert habe. Sie wurde allerdings nicht angenommen. »Mei Minnie, das ist ja lieb. Aber sie passt nicht so ganz in meine moderne Wohnung. Wenn du sie bei dir aufhängst, kann ich immer dort auf die Uhr schauen.«

Gute Idee, denn lang hat sie nie Zeit, wenn sie hier zwischen meinen Werken steht. Manchmal wüsste ich schon gerne etwas über meinen Erzeuger. Habe ich von ihm die künstlerische Ader? Die soziale sicher nicht, sonst hätte er uns nicht sitzenlassen, als er davon erfuhr, dass ich mich auf den Weg gemacht hatte.

Heute bringe ich die Grundfarbe, ein helles Braun, am größten Teil des Körpers auf. Auf der Brust hier hat dieser Boxer von irgendeinem Bergblick – ich habe wirklich Probleme mit dem Namen – eine weiße Blesse, die an seinen Vorderläufen endet. Die schaffe ich auch noch, dann reicht es mir für heute.

Ich höre ein Knurren und spüre, dass mein Magen vibriert. Wie besiege ich den Hunger am schnellsten? Noch in Gedanken höre ich die Türglocke und eine schöne, warme Stimme: »Servus, Franz. Ist die Minnie da?«

»Ach Alex, hab die Türglocke gar nicht gehört, Ich glaub nicht, dass sie hinten ist. Hab sie nicht gesehen.«

Ich flitze nach vorne.

»Du hast mich nicht gesehen, Franz, weil die Vierecke in deinem Gesicht auf den Monitor geglotzt haben. Ich bin vor drei Stunden gekommen.«

Ich strahle Alex an, der lächelt, bis ihm einfällt, dass er mir böse ist.

Ich schnuppere, dann sehe ich sie: Die Pizzakartons.

»Oh, du bist ein Schatz, Alex.«

Franz kriegt auch mal was mit.

»Hmmm, Pizza, du hast nicht zufällig eine zuviel dabei?«

Alex ist zwar höflich und kein Geizkragen, aber Franz hat das bei uns beiden schon zu oft ausgereizt.

»Diesmal nicht, Franz, tut mir leid.«

Franz macht sich nichts daraus. Stattdessen springt er auf.

»Auf jeden Fall eine super Idee. Minnie, esst ihr hier unten? Dabei könntest du auf den Laden ...«

Alex unterbricht ihn. »Ich möchte eigentlich gerne oben essen. Sperr halt zu.«

Franz nickt, sperrt zu und ist verschwunden.

»Das klappt bei dir so einfach«, wundere ich mich, während wir die Treppe erklimmen. Knarz, knurr, knarz, knurr – ich weiß nicht, was lauter ist, die Treppe oder mein Magen?

»Der nutzt dich aus, wo's geht, Minnie. Der Franz ist ein ganz fauler Hund.«

»Immerhin kann er mit seinem Online-Handel und der Hausmeisterei die Miete von der Traudl zahlen.«

Alex schaut mich erstaunt an. »Der Franz und ein Online-Handel?«

»Er hat neulich mal Monitor und Rechner angelassen. Da hab ich es zufällig im Vorbeigehen gesehen.«

Obwohl ich es wirklich lässig rüberbringe, bricht mein Freund in lautes Gelächter aus.

»Du – zufällig – im Vorbeigehen? Das kauft dir keiner ab, Krimi-Minnie. Egal, wenn er so nachlässig ist, hat er es verdient. Und womit handelt er dann so?«

»Wohl um Hundezubehör. In den Mails ging es um Lieferungen nach Berlin und München.«

»Du hast seine Mails gelesen?«, jetzt klingt er schon ein

bisserl kritisch. Ich hebe die Schultern.

»Mei, ich wollte wissen, wie er das schafft mit der Miete. Aber der liefert nix selber, sonst hätte ich es mitbekommen. Wird eher ein Vermittler sein, war meine Vermutung.«

Alex nickt, doch sein Blick sagt mir, dass ihm mein Handeln gar nicht genehm ist. Der hat Probleme, während ich verhungere.

Der Ablauf gehört beschleunigt, bevor die Pizzen kalt und ich zu schwach zur Nahrungsaufnahme bin. Ich hole zwei Teller aus dem Schrank und Besteck. Endlich packt Alex die Pizzen aus. Das duftet. Er hat meine Lieblingspizza mit Gorgonzola und Rucola und für sich eine Salami Diavola dabei.

Schweigend fangen wir an zu essen, und dann – nach dem ersten Viertel, als ich wieder Kraft habe – bedanke ich mich dafür.

Ich beiße gerade in den zweiten Quadranten, da klingelt es an meiner Tür. Alex bleibt sitzen und isst weiter, während ich aufmache. Das hätte ich besser gelassen, denn Gustl und Oliver stehen vor der Tür. Der Gustl ist ein großer Pizzenvernichter vor dem Herrn, und seine gut ausgeprägte Nase hat sofort Witterung aufgenommen.

»Hast du a Pizza da, Minnie?« Und schon ist er in der Küche, wo er das Tempo verlangsamt.

»Ach, der Alex. Ich hab gehofft, die Minnie hat Pizza gemacht.«

Oliver betritt die Wohnung zögernd, nachdem er weiß, dass ich nicht allein bin.

Alex' Blick fällt auf ihn, und er lässt die Pizza sinken. Ich stelle sie einander vor und frage: »Wie war es denn? Da ihr beide hier seid, hast du es gut hingebogen, Gustl?«

»Ja, hat schon gepasst«, meint der abwesend, die Augen fest auf die Salami gerichtet. Alex seufzt, er ahnt, dass er teilen muss. Ich reiche ihm grinsend den Pizzaschneider und hole zwei weitere Teller.

»Ein Stückerl für jeden – mal mit, mal ohne Wurst. Der Alex braucht Kraft für den Nachmittag und kann nicht alles abgeben«, mahne ich zur Bescheidenheit, die widerspruchslos gewährt wird, auch wenn sie für den Gustl ein fleischloses Pizzastück bedeutet. Minutenlange angenehme Stille liegt über der knoblauchgetränkten Küchenatmosphäre. Die beiden Herren bedanken sich artig, dann gibt es einen Kaffee für alle.

Gustl bringt uns auf den neuesten Stand, als Oliver im Bad verschwindet.

»Sie haben den Kersthoff schon im Visier. Der hat einen Waffenschein, allerdings für ein anderes Kaliber.«

»Das muss ja nix heißen«, meine ich nachdenklich.

»Eben.«

Mein Blick fällt auf das Gesicht meines Freundes, das mehr als finster ist. »Alex, ich gehe auf keinen Fall auch nur in die Nähe eines Menschen mit Waffe, du musst dir keine Sorgen machen«, sage ich rasch, aber er schaut den Gustl an.

»Halt die Minnie da raus, Gustl, bitte, das ist viel zu gefährlich!« Seine Stimme klingt nicht bittend, sondern hart und autoritär. Solange sich der Ton nicht gegen mich richtet, finde ich das ja sexy. Und das weiß Alex auch. Jetzt sieht er mich an, und seine Augen beginnen zu strahlen und mich zu wärmen. Wir wissen beide, was der andere gerade denkt. Und freuen uns auf den Abend. Ich grinse breit, und er muss lachen. Gustl blickt von einem zum anderen und versteht nur Bahnhof.

»Und weiter?«, fragt Alex.

»Das LKA – und das soll der Junge nicht mitbekommen – ist ja schon an dem Kersthoff dran, wegen

Waffenschieberei. Es ist von einem ganzen Ring die Rede, und eine wichtige Station ist wohl Wasserburg. Hier sitzt ein Komplize. Da haben die Kollegen einen Mann unter Beobachtung, der bereits eine Vorstrafe hat, weil er einen Computervirus in Umlauf gebracht und als Online-Vermittler für Waffen fungiert hat. Sie vermuten nun, dass Tassilo zu viel wusste und den Boss erpresst hat. Das bringt natürlich den Oliver in eine schwierige Lage.«

»Er hat sicher nichts damit zu tun?«, will Alex wissen, doch ich sehe ihm an, dass er Oliver auch als Leichtgewicht in puncto Verbrechen abtut.

Gustl und ich schütteln den Kopf. Gustl meint: »Kaum. Der ist auf der Wache vor Angst fast gestorben. Und am schlimmsten ist für ihn, was die Eltern denken. Die habe ich bisher nicht erreicht. Minnie, wohnst du weiterhin beim Alex?«

Ich verstehe, worauf er hinaus will.

»Oliver kann meinetwegen ein paar Tage hierbleiben. Die Traudl darf halt nicht anrücken, um Interessenten die Wohnung zu zeigen. Da kriegens beide einen Herzkasperl.«

Gustl schaut wieder unbehaglich drein. »Red mit deiner Mutter, Minnie. Die will doch ned, dass du ausziehst. Sei ned so bockig!«

Ich bin wirklich nicht der Bockl-Typ, aber momentan kann ich auch ned aus meiner Haut raus.

»Oliver bleibt, und du schaust, dass die Traudl ned anrückt, Gustl.«

Alex seufzt, er ist nicht glücklich mit der Entscheidung. Herausfordernd frag ich ihn: »Hast eine bessere Idee? Der arme Kerl hat eh nix anzuziehen und kein Geld.«

Er seufzt wieder. »Ich bring ihm was vorbei, wenn ich dich abhole.«

Das bringt ihm einen dicken Schmatz ein, der vom

Telefonklingeln unterbrochen wird. Ich sehe auf dem Handydisplay, wer dran ist.

»Toni, was gibt's?«

Ich bin überrascht, denn um diese Zeit kann meine beste Freundin sonst eigentlich nie telefonieren. Sie jongliert da zwischen Kleine-Popos-Abwischen und Wickeln. Füttert schreiende Kinder oder gibt ihnen das Fläschchen. Oder überreicht müde Quengelgeister an noch müdere berufstätige Eltern. Ein Superstressdienst: Antonia ist Erzieherin im Kindergarten, Kleinkindgruppe.

»Minnie, ich brauch dich!«

»Und du kriegst mich, mein Herz, wie immer«, antworte ich schmunzelnd. »Was ist los?«

»Die Kati-Oma!«

»Ja? Was ist mit ihr?«

Der Aufschrei macht mich nervös.

Die Kati-Oma ist – richtig vermutet – Tonis Oma, die sie von Herzen liebt. Ein Original mit Haaren auf den Zähnen, aber eben nicht mehr mobil. Vor einem halben Jahr hat sich die Familie, nach Anweisung der Oma, entschlossen, diese im Altenheim unterzubringen.

»Ihr habt ein Leben und ich auch«, war die Aussage. »Ich mag Kartenspielen und Kaffee trinken zu einer Zeit, zu der es mir passt, und ned irgendwann, wenn ihr aus der Arbeit kommt und eigentlich auf die Couch wollt. Im Altenheim gibt es Filmabende und jemanden zum Ratschen. Und ich kann einen Willi trinken, wann ich mag, ohne dass mich einer bös anschaut.«

Toni hat Rotz und Wasser geheult, als die Tür hinter der Oma zugefallen ist. Die Kati sitzt im Rollstuhl, doch geistig merkt man nichts von Kalkbröseln in den Arterien.

Jeden zweiten Tag hat sie Besuch erlaubt, huldvoll wie eine Königin. Und auch nur, wenn sie Spazierengefahren wird. »Was sollen denn die Frau Hasler, die Frau Meier und der Herr Breitschneider denken, wenn ihr mich wie ein altes Weib behandelt.«

Um letzteren geht es vermutlich in Wirklichkeit, meint Basti, Tonis Freund. Unsere ungläubigen Blicke tut der Sozialtherapeut mit einem Winken ab. »Sie ist erst 92, was wollt ihr? Viel zu jung und fit, um sich ins Wendebett zu legen.«

So ein Bett hat sie aber – wegen der 92-jährigen jugendlichen Hüfte, die schnell schmerzt.

Antonia jammert weiter: »Ich bin heute mit dem Spaziergehen dran. Und soeben hat ein Vater angerufen, dass er einen Unfall hatte und noch zwei Stunden braucht, bis er seinen Sohn abholen kann. Die Ersatzperson für den Notfall erreiche ich nicht. Ich muss also dableiben.«

»Soll ich der Oma Bescheid sagen? Es schüttet eh aus allen Kübeln«, frage ich, denn ich stehe gerade wohl ein bisserl auf dem Schlauch.

»Nein, du sollst mich vertreten. Bitte, Minnie.«

»Ja, wo soll ich denn bei dem Wetter mit ihr rumfahren? Da ist sie in zwei Minuten pitschnass und hat morgen eine Lungenentzündung. Und ich bin schuld.«

»Wir wollten ins *Roma*, ein Eis essen. Das geht auch drin. Und sie hat einen Regenponcho, da passt sie mit Rollstuhl drunter. Bitte! Sie wird sicher grad angezogen. Dann steht sie im Rollstuhl an der Tür und wartet und fängt das Schwitzen unter dem ganzen Plastik an und ...«

»Ja, schon gut. Ich mach mich gleich auf die Socken.«

Mir bricht bei der Panik der Schweiß aus. Spazier ich halt mit der Kati-Oma zum Eisessen. Drei Männer schauen mich verdutzt an. Ich erkläre ihnen die Situation, jetzt grinsen sie alle. Darauf gehe ich gar nicht erst ein.

»Ich muss eh warten, bis der Roland-Gringo, also der

Hund, trocken genug ist, und ich weitermalen kann.«

Alex erhebt sich und bietet an: »Ich fahr dich geschwind hin, hab sowieso einen Termin im Burgerfeld, da komm ich am Heim vorbei.«

»Super, danke, dann schwitzt sie nicht so lange unter dem Poncho. Willst du mitgehen?«, wende ich mich an Oliver, der Gustl fragend anschaut. Dieser meint achselzuckend: »Mei, setz dir halt ein Käppi auf, damit dich keiner erkennt.«

»Aber meinen Regenmantel brauch ich, damit ich den Rollstuhl schieben kann«, reserviere ich das Wichtigste, und Alex erinnert mich: »Und Gummistiefel.«

Oliver bekommt dafür meinen Marienkäferschirm, den ich vergangenes Jahr bei der Kindergartentombola gewonnen habe. Er schaut ihn zweifelnd an, deswegen werde ich energisch.

»Der ist schön, und du stehst da jetzt einfach drüber! Das gibt ein dickes Fell, was noch keinem geschadet hat.«

Alex setzt ihm ein Käppi von mir auf, das glücklicherweise ein augenfreundliches Grau hat. Damit sieht man seinen Kopf eh nicht. Die Farbe ist die gleiche wie draußen vor dem Fenster in den Straßen. Das ist wie der bayerische Witz über die österreichische Kriegsflagge: Weißer Adler auf weißem Grund.

»Du wirst Kufen für den Rollstuhl brauchen, wie beim Wasserskifahren«, lästert Alex. »Soll ich euch zum *Roma* bringen?«

»Lassen wir es die Kati-Oma entscheiden«, ist mein feiger Vorschlag. Denn schöne Stunden werden das nur, wenn die Kati-Oma gut drauf ist.

Der Gustl verabschiedet sich, er hat ein Date. Mehr will er aber nicht verraten. Allerdings fängt ihn die Kreuzpointnerin ab, die wird es tausendprozentig aus ihm rauskriegen.

Wir überlassen ihn seinem Schicksal im dritten Stock, und Alex fährt uns zum Altenheim.

Die Kati-Oma ist leutselig gelaunt, da sie meine Vertretung akzeptiert. Den Chauffeursdienst von Alex lehnt sie aber heftig ab. »Ich bin ned aus Zucker. Und die zwei auch ned.«

Ich bekomme von Alex einen Kuss und ein geflüstertes »Mal schauen, wie viel Kraft du heute Abend noch hast, Minnie«.

Das weiß ich jetzt schon: nicht viel.

Wir steuern den Berg hinunter bis in den Klosterweg und peilen mit leichtem Aquaplaning die Straße Richtung Innenstadt an. Am Bürogebäude von Krankenkasse und Bank vorbei haben wir wenigstens ein bisschen Schutz. Allerdings werden wir dann fast von der Roten Brücke geweht. Stark gegen den Wind gebeugt, hilft mir Oliver, den Rollstuhl zu schieben. Ein paar wenige Wahnsinnige sind außer uns unterwegs. Einer von ihnen hat Spaß mit seinem sich ständig von innen nach außen drehenden Regenschirm. Deswegen mag ich die Dinger nicht. Die deutlich größere Toni hat eher das Problem, dass ihr beschirmte Winzlinge wie ich die Augen ausstechen.

Meine Füße sind dank Gummistiefel trocken. Olivers Plastikschiffe, die hohen Sneakers, waren gerade nicht mehr feucht, vermutlich sind sie es jetzt wieder. Obwohl er mit dem Marienkäferschirm – ein göttliches Bild – versucht, über die Pfützen zu hüpfen.

Die Kati-Oma ist unter der beschlagenen Folie nicht mehr zu entdecken. Ab und zu klopft sie an das durchsichtige Dach und sagt was, aber jedes Mal, wenn ich nachfrage, ist nichts. Außer, dass die Unterbrechungen den gemütlichen Spaziergang noch verlängern.

Puh, endlich unter dem Brucktor, da sind wir geschützt. An die Wand gepresst weiter und über den Zebrastreifen. Ich wähle die enge Rathausgasse, da kann der Wind schlecht die volle Wirkung entfalten. Trotzdem pfeift es um unsere Ohren.

Schließlich erreichen wir das Eiscafé und retten uns ins Trockene, wo uns zwei Pärchen mittleren Alters sowie Giovanni und die auf eine Person reduzierte Belegschaft, Maurizio, begrüßen. Und dann entsetzt anstarren, als wir die Mehrweg-Verpackung von der Kati-Oma abnehmen.

»Das ist doch kein Wetter für eine ältere Dame im Rollstuhl«, murmelt die Tischnachbarin ihrem Mann empört zu. Das geht natürlich an meine Adresse, aber die ältere Dame im Rollstuhl hat Ohren wie ein Luchs.

»Meinen Sie mich mit ältere Dame? Unverschämtheit! Das entscheide schon ich, wann ich ein Eis essen will!«

Sie versteht den Wind um ihre Person gar nicht.

»Ja, was ist, Giovanni? Krieg ich jetzt die Eiskarte?«

Giovanni kennt die Kati-Oma nur zu gut, deswegen saust er, und binnen Sekunden hat die Oma Karte nebst Beratung, die sie sich jedoch lieber vom jüngeren, attraktiven Maurizio wünscht. Mit dem hat sie es sehr. Sie versucht ständig, ihn mit Toni zu verkuppeln, obwohl sie Basti mag. »Mei, aber diese glutvollen Augen hat halt kein Deutscher, nicht mal ein Bayer.«

Basti ist dunkelblond, hat also tatsächlich keine Chance auf dunkle glutvolle Augen. Seine sind hellbraun und hübsch anzusehen, wie Toni ebenfalls findet.

Die Oma kriegt ihren Eisbecher mit Schuss, der Oliver eine Waffel mit drei riesigen Kugeln.

»Bella Arminia, che cosa preferisci tu?«, ich merke auf. Woher weiß Giovanni meinen richtigen Namen? Er kennt mich gut, denn ich spüle ja des Öfteren in seinem Laden, doch meinen Taufnamen halte ich geheim wie andere ihre Schatzkarte. Er grinst und meint: »Dein Freund hat eine Wette verloren.«

Ich verdrehe die Augen. Basti und Alex und ihre Wetten, die sie nie gewinnen. Was in diesem Fall ich ausbaden muss. Aber der Tag, an dem mich einer ungestraft mit Arminia anspricht – außer Traudl – der muss erst noch heraufziehen.

»Also nur als Ratschlag«, wende ich mich laut und im ganzen Raum gut hörbar an Oliver. »Wenn du richtig gutes Eis essen willst, dann gibt es da in Wasserburg noch am Marienplatz das ...«

»Minnie, mia amica, was tust du da?«, unterbricht mich Giovanni, der nicht mehr ganz so gut gebräunt wirkt wie eben.

»Genau, Minnie ist der Name«, sage ich mit böse zusammengezogenen Augenbrauen. »Wenn du keine Antiwerbung haben willst, amico.«

»No, no, was kann ich dir bringen, Minnie?«

»Einen Glühwein, per favore.«

Oliver hat schon die vergangenen Minuten durchgehend gegrinst. Nun fängt er an zu lachen. »Ihr seid ja alle ein bisschen seltsam hier.«

»Das ist so auf dem Land«, bekräftigt die Kati-Oma seine Meinung, während ihr die Sahne vom Kinn herabtropft. Ihre listigen Äuglein mustern mich, und ich weiß, jetzt schießt sie gleich auf mich.

»Die Minnie gehört zur Fraktion der ganz anderen, gell, Minnie?«

Ich seufze. »Du meinst wie ein Alien, Kati-Oma?«

Als sie den Kopf schüttelt, sehe ich, dass die Friseurin wohl einen Lockenwickler vergessen hat. Vermutlich ist ihr die Oma beim Auswickeln davongefahren.

»Die Minnie macht alles und für jeden«, lobt die Kati-Oma, die gar nicht weiß, was man in diese Worte hineininterpretieren kann. Was das Paar am Nachbartisch übrigens eben tut. Die Frau schaut entsetzt, der Mann interessiert. Kurz darauf zahlen die beiden und treten – sie offensichtlich gerne, um der schlechten Gesellschaft zu entfliehen – in das immer noch strömende Nass vor der Tür.

Auf dem Weg zur Toilette stoppe ich hinter der Kati-Oma und wickle sanft den letzten Lockenwickler raus, den ich dann in die Tasche am Rollstuhl stecke. Sie merkt es gar nicht, denn jetzt hat sie Oliver in der Reißn.

Als ich zurückkehre, empfängt mich Olivers verzweifelter Blick, und ich weiß: Jetzt gerade kommt ihm der Kersthoff gar nicht so schlimm vor.

Er springt auf, entschuldigt sich rasch und flitzt auch aufs rettende, erholsame Örtchen.

Die Reihe ist wieder an mir. Die Kati-Oma hat sich derweil einen Cappuccino bestellt. Nachdem sie das dritte Zuckerpäckchen in die kleine Tasse geschüttet hat – sollte ich hier aus Gesundheitsgründen einschreiten? Nein, das lass ich lieber, hat mir auch keiner aufgetragen – fragt sie mich, wie immer, nach meinen Heiratsplänen.

Als ich, ebenfalls wie immer, antworte, dass ich nicht geplant habe, mich so früh zu binden, klatscht sie begeistert.

Sollte ich die Kati-Oma mal mit meiner Mutter in Kontakt bringen? Ich überlege ernsthaft. Wer da wohl Oberwasser hätte?

»Völlig richtig, Dirndl. Sonst fühlen sich die Männer zu schnell sicher und tanzen einem auf der Nase herum. Und dann ist es komplizierter, wenn du dir einen Jüngeren suchen willst. Der Alex wirkt manchmal fast schon zu gesetzt für dich. Andererseits verdient er gut, das ist ein Plus. Und schlecht ausschauen tut er auch nicht.«

Lieber doch kein Treffen mit der Traudl, denke ich mit den ersten Schweißperlen auf der Stirn, als ich mir vorstelle, was Alex zu diesem Gespräch sagen würde.

»Mei, Kati-Oma, weißt du, ich mag den Alex sehr gern. Das ist ein toller Mann.«

Gibt sie jetzt auf? Nein, genauso wenig, wie die Traudl hier schweigen würde. Aber die Oma setzt unfairerweise den Alkohol als Mittel der Beeinflussung ein.

»Giovanni, bring der Minnie einen Grappa!«

Meine Ablehnung wird ignoriert. Oliver ist wieder da und nimmt eine Cola.

Den nächsten Grappa bekomme ich, als ich verspreche, niemals mit Bettjäckchen ins Bett zu gehen. »Die unmögliche Mode damals hat viel Spaß geraubt. Da waren die Männer schon eingeschlafen, bevor man die Knöpferl aufbekommen hat.«

Grappa Nummer drei schiebt sie mir aus Mitleid rüber, weil meine Mutter so hart mit mir ist. Den nehme ich gern. Recht hat sie, die Kati-Oma.

Giovanni schaut gerade auf die Uhr – wir sind die letzten Gäste bei dem Hundswetter – und überlegt, wie er uns rausbekommt und schließen kann. Da geht die Tür auf, und der rettende Engel für Giovanni und mich hetzt recht unheilig herein. Eine Toni mit triefendem blonden Pferdeschwanz kommt zur Ablösung.

Sie umarmt mich. »Danke, Minnie, du hast was gut.« Sie schnuppert an mir und entdeckt das Grappaglas. Zunächst mustert sie jedoch Oliver fragend: »Ein neuer Bufdi?«

Die Oma antwortet: »Nein, die Minnie glaubt mir endlich, dass eine Frau sich rechtzeitig nach jüngeren Männern umschauen soll.«

Oliver erschrickt sichtlich bei dem Gedanken an mich alte Frau an seiner Seite. »Ich bin nur ein Bekannter zu Besuch«, sagt er hastig zu Toni, die grinst.

Mir ist etwas schummrig. Außerdem muss ich den Frollo-Wido noch bemalen, sonst wird es mit dem Termin langsam eng.

»Ich muss – hicks – gehen. Hab einen Auftrag zum Fertigmachen«, murmle ich und wanke ein wenig beim Aufstehen.

»War es so schlimm?«, erkundigt sich Toni mit schlechtem Gewissen, und ich kichere. »Gar nicht.«

Nun schaut sie ihre Oma streng an. »Du weißt doch, dass du die Minnie nicht abfüllen darfst. Die verträgt nicht viel.«

»Gar nicht wahr«, verteidige ich mich und hickse wieder.

Oliver nimmt mich am Arm und verspricht, mich zur Wohnung zu bringen.

»Ist dir das recht?«, fragt Toni mich. »Der Alex weiß Bescheid?«

Hat sie Angst, dass ich den Oliver vernasche? Ich fange an zu lachen. »Über meinen neuen Jüngeren? Ja, den kennt er. Alex holt mich nach der Arbeit eh ab.«

»Na dann wird er schon vor der Tür stehen, es ist halb sechs. Ich ruf ihn mal an.«

»Ich muss noch arbeiten«, wehre ich mich. »Der Rudi-Tido muss fertig werden. Bunt werden.«

»Oliver, lass sie bloß nicht ins Atelier, sonst versaut sie ihre Arbeit. Und dann erlebst du morgen eine Furie.«

Seinen ungläubigen Blick erkenne sogar ich Schnapsdrossel. »Doch, da werde ich zur Furie. Alex mag das an mir.«

Jetzt fängt die Kati-Oma an zu lachen, Toni und Oliver fallen ein, und auch Giovanni und Maurizio beenden ihr Tagwerk mit Gelächter. Alle auf meine Kosten.

Alex taucht auf, er stand wohl wirklich schon vor meiner Tür. Ich beschwere mich bei ihm, als er mir ins Auto hilft.

»Die verstehen mich nicht, Hase. Du bist der Einzige, –

hicks – der mich versteht.«

Toni hat die wieder in Plastik verpackte Oma im Rollstuhl sitzen und entschuldigt sich bei Alex.

»Tut mir leid, ich weiß nicht, wie sie es immer schafft. Minnie passt sonst so auf mit dem Alkohol.«

»Minnie«, ruft der Giovanni von der Tür aus. »Kannst du mir am Freitag beim Weinfest aushelfen?«

Jämmerlich schaue ich in Alex' lachende blaue Augen. »Die Kati-Oma sagt, ich mache alles für jeden.«

»Heute nicht mehr, Minnie-Maus. Heute nur noch für mich.«

Warum beruhigt mich seine Aussage nicht, sondern beschert mir stattdessen ein heftiges Kribbeln in verschiedenen Körperregionen? Zu viel Alkoholdunst im Hirn und das verschwommene Sehvermögen sind sicher daran schuld.

Vom Abend weiß ich am nächsten Tag nichts mehr. Ab der Heimfahrt habe ich einen Filmriss. Es ist unglaublich: Manche Menschen spüren drei Grappa nicht mal, und ich verliere gewissermaßen das Bewusstsein.

Auf meine Nachfrage und Entschuldigung grinst Alex am frühen Morgen nur. Genaueres erfahre ich nicht von ihm, der sehr zufrieden wirkt. Aber außer einer extremen Lichtempfindlichkeit fühle ich mich großartig. Das ist sogar für mich schräg.

»Du würdest es nicht ausnutzen, wenn ich betrunken bin, oder?«, frage ich ihn ein bisschen misstrauisch. Der Satz bringt mir ein fröhliches Lachen, eine höchst erotische halbe Stunde und ein fantastisches Frühstück ein.

Saturn im ersten Haus

Da meine Hände noch ein wenig zittrig sind, spare ich mir das Bemalen des Hundes heute lieber. Unregelmäßig kurvige Barthaare gefallen der Frau Wegner vermutlich nicht so sehr.

Das Wetter hat sich gebessert, und ich beschließe, einen Spaziergang nach Attel zu machen. Oliver begleitet mich den schönen Weg am Inn entlang bis zur Gaststätte »Fischer Gust« unterhalb des Klosters. Ich gönne mir auf der gemütlichen Terrasse heute statt des Fischs nur ein geröstetes Brot mit Käse und Rucola. Und Wasser statt Wein und Co. für meinen sich flau anfühlenden Magen. Oliver dagegen verschlingt ein Schnitzel, bevor wir uns auf den Rückweg machen.

Am nächsten Tag, es ist der Donnerstag vor dem Weinfest, fange ich mit dem Bemalen von Rowold-Tido an.

Es wird höchste Zeit, denn in einer Woche hat die Frau Wegner ihren großen Tag, da muss der Hund ihren Salon, Tanzsaal oder was auch immer zieren.

Mein Boxer-Sujet bekommt nun die Persönlichkeit

aufgepinselt. Das erreiche ich durch die Sorgenfalten auf der flauschig wirkenden Stirn. Die Ohren erhalten ein pelziges Braun in verschiedenen Schattierungen. Ich füge mit vorsichtigen Pinselstrichen die dunklen Tiefen zwischen den Zehen und die Krallen hinzu. Die Glasur muss ganz gleichmäßig aufgetragen sein. Ich prüfe jeden Quadratmillimeter genau, nicht dass sich irgendwo Tröpfchen bilden.

Zwischendrin vergleiche ich ihn mit dem Foto, das mir seine Besitzerin als Vorlage überlassen hat. Auf dem Bild trägt der Boxer eine Medaille, die er für seine »unvergleichliche« Haltung und – ich glaube – die hübsche Farbgebung auf seinem Körper bekommen hat. Wollte Frau Wegner die auch auf der Statue haben? Da frage ich besser nach, denn weglöschen wie bei Photoshop geht ja nicht mehr, wenn das Münzlein aufgepinselt ist.

»Grüß Gott, Frau Wegner. Hier ist die Minnie Mayrhofer. Wie geht es Ihnen? Wie laufen die Vorbereitungen?«

Das löst eine zehnminütige Schilderung aus, die mich aber nicht stört. Ich weiche nur zur Sicherheit meine Pinsel ein, sonst kriege ich keine Rundungen, sondern nur noch kratzige Fahrer damit hin.

»Und ich bin mir nicht schlüssig, Minnie, ob ich so etwas wie Fingerfood auf meiner Feier zu den Aperitifs haben möchte. Horsd'œuvres wären doch viel passender. Wie sehen Sie das?«

Ist das nicht das Gleiche? Soll ich meine Unwissenheit zugeben?

»Also ich finde Fingerfood immer sehr entspannend bei Feiern«, versuche ich, mich aus der Pflicht zu winden. Nach einer deutlichen Pause ist die Entscheidung gefallen. »Sie haben recht, ich nehme Horsd'œuvres. Meine Gäste sollen ja noch Spannung empfinden.«

Sie hätte genauso gut sagen können: »Danke, Minnie, was

Sie gut finden, will ich ja auf keinen Fall haben.«

Ich mag als Künstlerin mittlerweile etwas Wert und einen guten Ruf haben, ansonsten bin ich eher nicht auf Frau Wegners Linie unterwegs. Da hätte sie wohl besser die Traudl gefragt. Doch die beiden Damen sind sich nicht so grün, obwohl meine Mutter auf der Feier zu Gast sein wird. Aber zwischen ihnen steht Gustls männliche Rentnergestalt.

Ich lenke nun auf mein Anrufanliegen zurück, da fragt sie mich just: »Wie geht es denn der Skulptur meines Lieblings?«

»Ja, deshalb rufe ich an. Sie nähert sich der Vollendung.« Ja, auch ich beherrsche die gehobene Sprache, was sich besonders in meinen Fantasygeschichten gut macht. Und weil ich gerade so schön im Fluss bin, mache ich munter weiter: »Nur erschließt sich mir nicht, ob ich die Prämierung Ihres Lieblings der Skulptur hinzufügen soll.«

Sie schweigt, und mir wird heiß. Hat sie das etwa schon gesagt und ich habe es verschusselt?

Bei ihrer Antwort wird mir noch heißer. Das schafft nicht mal Alex, solche Hitzewellen durch meinen Körper zu schicken. Okay, das schafft er schon, doch es sind andere, sehr angenehme Hitzewellen.

»Minnie, die Idee wäre grandios. Allerdings zerstört die Medaille ein wenig die Wirkung des Farbspiels. Aber Sie haben es so einfühlsam formuliert, sodass mir eben eine wunderbare Alternative eingefallen ist. Sie malen Rolof-Tido ohne seinen Preis und sprechen bei der Übergabe auf meiner Feier ein paar Worte.«

Mein Herz rutscht bis in meine Flipflops. Ich soll vor den erlauchten Herrschaften eine Rede halten? Über den Firtol-Frodo, dessen Namen ich nur richtig rausbekomme, wenn ich lange überlege? Und auch dann nur, wenn ich nicht –

ich wiederhole! – nicht – ich betone! – überhaupt gar nicht nervös bin.

»Äh, Frau Wegner. Dafür bin ich nicht so geeignet. Außerdem sollte ich doch den Hund, äh, Ihren Liebling, schon am Tag zuvor vorbeibringen.«

»Ich bin mir sicher, Sie machen das hervorragend, Minnie. Ich gebe Ihnen vorher die wichtigsten Daten, und wenn die Skulptur zu den Horsd'œuvres präsentiert wird« – auch das noch – »dann ist das ein wunderbares Ambiente, um Ihre Kunst zu präsentieren. Das könnte für Sie als Künstlerin ein Sprungbrett sein, Minnie.«

Als Hunde-Keramikerin? So würden es sicher einige in meiner nächsten Nähe formulieren.

Doch bei Frau Wegner ist alles »wunderbar«, nur der Ton des letzten »Minnie« zeigt mir, dass im Fall meiner Verweigerung das Betreten dieses Sprungbrettes für mich eher mit einem Bauchklatscher als mit einem Kürsprung mit Bestnote zehn enden wird.

»Nun, in diesem Fall sehr gerne«, bei den Worten werde ich ein wenig kurzatmig. Ein kleines bisschen, kurz vor der Schnappatmung.

»Ich muss nur zusehen, ob ich entsprechende Kleidung für dieses Event habe, Frau Wegner.«

Ich warte gespannt, ob ich in Flipflops präsentieren darf, da setzt sie dem Horror noch ein Scharfrichterhäubchen auf.

»Da kann Sie Ihre verehrte Frau Mama sicher beraten, Minnie. Ich lasse Ihnen also in den nächsten Tagen die Texte zukommen und erwarte Sie morgen in einer Woche um 18 Uhr. Vielen herzlichen Dank, damit machen Sie mir eine außergewöhnliche Freude.«

Toll, die Traudl um eine modische Beratung bitten. Da frage ich lieber Alex, und das tut schon weh. Denn unsere Geschmäcker gehen – sagen wir mal abgeschwächt –

meilenweit auseinander, was Mode an meinem Körper angeht. Sein Geschmack ist okay, schick, manchmal ein bisserl konservativ. Doch was er auch trägt, es steht ihm. Mich würde er gerne in engen Dingelchen sehen, um meine »putzige Sanduhrenfigur« – ist diese Formulierung nicht rotzfrech? – zu betonen. Ich im pinken Schlauchminikleid geht für mich gar nicht. Ich weiß, es gibt Rothaarige, die diese Kombi mit ihren Haaren keineswegs grotesk finden – ich gehöre zur anderen Fraktion.

Die Toni kann mir da ebenso wenig helfen. Ginge es nach ihr, trüge ich genauso Flipflops, oder Turnschuhe, nur eben zur Jeans statt zum Sommerkleid. Mei, so ein Trara um diese Vernissage!

Als der Alex um Schlag 17.10 Uhr in meinem Atelier steht und ich ihm meine erste Not – die Rede – beichte, lacht er sich natürlich schlapp.

»Minnie, das ist nichts anderes als eine Führung zu machen. Halt nicht über Wasserburg, sondern über den Rolof-Tido.«

»Warum kannst du dir diesen dämlichen Namen merken und ich nicht?«, frage ich böse, dabei weiß er von Problem zwei noch gar nichts.

»Mei, ich habe viel mit Namen zu tun in der Bank«, meint er vergnügt.

»Ja, mit Meier, Huber und vielleicht noch Mayrhofer. Aber keine Roland-Timos, oder?«

Er tut, als müsse er nachdenken. »Roland-Timo kommt mir bekannt vor. Klingt nett. Wollen wir unseren ersten Sohn so nennen?«

Mein Freund ist ein Sonnenschein, deshalb kann ich ihm nicht böse sein und lasse ihm diesen Unsinn durchgehen. Allerdings nutze ich ihn zu meinen Gunsten.

»Ja, gute Idee. Schreib ihn bitte auf, ich vergesse ihn sonst wieder.«

Er wird ernst, kein Widerspruch meinerseits macht ihn immer nervös. Keine Ahnung warum.

»Was brauchst du von mir, Minnie? Eine geheime Datenauskunft, den Kontostand der Frau Wegner, oder weshalb frisst du mich für den Vorschlag nicht?«

Ich überlege. »Der Kontostand wäre schon interessant.«

Alex wird ein bisserl bleich. Achtung, Minnie: Jetzt kommt die Datenschutz- und Bankgeheimnisrede. »Minnie ...«

Ich sehe ihn mit dem mitleiderregendsten Blick an, den ich drauf habe. Und der kann sich sehen lassen. Weil wir gerade beim Ribold-Frodo waren: Kennt ihr Frodo Beutlins Blick in »Herr der Ringe«, als der Zauberer Gandalf in die Schatten gestürzt ist und Aragorn den völlig geschockten Hobbit zu sich ruft? Dieser dreht sich auf den grauen Felsen um, und das Leid der Welt liegt in seinen blauen Augen. Das Gschau habe ich vor dem Spiegel perfektioniert, und es zeigt Wirkung. Immer.

»Minnie, nicht diesen Blick. Was brauchst du?«

»Du darfst nicht lachen«, bittet mein passend zittriges Stimmchen, und Alex nimmt mich nun doch besorgt in die Arme.

»Was ist denn, Liebling?«

Ach, er ist schon ein Schatz. Meiiiiinnn Schaaaatz, um bei »Herr der Ringe« zu bleiben.

»Ich brauche ein Kleid, und ich will nicht mit Traudl zum Shoppen.«

Ich spüre, dass er eben seinen Ich-lache-nicht-Eid bricht. Sein männlicher Brustkorb, an den sich mein Gesicht schmiegt, bebt. Ich ignoriere es und warte gespannt auf die Antwort.

»Natürlich gehe ich mit dir ein Kleid kaufen, Prinzessin.«

»Kein Prinzessinnenkleid, Alex!«

»Nein, natürlich nicht, Minnie. Nichts in Pink. Sommerblumen in schicker Verpackung und neue Flipflops«, prustet er nun offen los.

»Was gefällt dir eigentlich an mir?«, frage ich ein bisschen beleidigt.

Er kniet sich vor mich hin und zieht mir den Flipflop vom rechten Fuß, was mich fast zu Fall bringt, weil ich nicht damit gerechnet habe. Dann hebt er den Fuß an und haucht, formvollendeter Kavalier, einen Kuss auf meinen Rist. Das kann er schon gut, das Gentleman-Ding, mein Alex. Es kribbelt wieder trotz des Gleichgewichtsproblems.

»Ich liebe deine Flipflops, Minnie. So sehe ich deine süßen Füße genau.«

Und nachdem sich der Franz über die Störung durch unser »Gesülze« beschwert, geht Alex mit mir shoppen.

Wasserburg hat nicht viele Klamottenläden, doch die meisten von den wenigen – was für ein Deutsch, Minnie – haben ein bombiges Angebot. Nicht immer in meinem finanziellen Rahmen, aber Alex will bezahlen und feilscht mit mir, als wir ein bernsteinfarbenes Seidenkleid finden. Ohne Blume, aber mit einem feingezeichneten Bambusast über die ganze Länge, was nicht lang ist bei meiner Kürze.

Wir erstehen dazu passende goldene Sandalen. Alex überredet mich zu einer Absatzhöhe, die mir schwindelerregend scheint. Immerhin schaffe ich es, den Gang zweimal ohne zu stolpern entlang zu gehen.

Besonderen Schmuck finde ich dann schon, weil ich den gerne selbst mache. Aus eher unüblichen Bestandteilen wie Holz oder Steinen und Metall.

Ich habe mit dem Deal also ein edles Outfit gewonnen und Alex einen Abend, an dem ich es für ihn anziehe. Mit dem

Tausch kann ich leben, denn ich weiß, wie sehr ihn das freut. Neben der Kleinigkeit, dass ich ihn um Hilfe gebeten habe.

Den Artikel für die Zeitung habe ich geschafft, das Korrekturlesen ebenfalls.

Während Thorolf-Rido trocknet, lasse ich meinen Romanhelden FastFlynn endlich die letzten Angreifer besiegen. Als Lohn winkt ihm die heiße Nacht mit einer ringelohrigen Planetenbewohnerin mit scharfen Kurven, wie Flynn und Tom sie bevorzugen. Im wirklichen Leben täten Tom einige Kurven an einer echten Frau gut. Das lehnt er ab – Frauen sind zu kompliziert. Computerspiele dagegen nicht.

Eigentlich hätte ich mich gerne einfach mal ein paar Stunden auf Alex' Dachterrasse gesonnt. Daran haben mich zwei Dinge gehindert: Tom hat ungeduldig nach FastFlynns Fortsetzung gefragt. Und der Meier Korbi hat Urlaub.

Das hört sich nicht so schlimm an, wie es aber tatsächlich ist. Der Korbi hat die Wohnung im Nachbarhaus schräg gegenüber von Alex. Gleiche Etage.

Nur Sekunden, nachdem ich die Terrasse betreten habe, steht der Korbi auf seinem Balkon und plärrt unwichtigen Schmarrn rüber, damit er mich anbaggern kann.

»Wie ist das Wetter, Minnie?«

»Sieht man, wenn man nach oben schaut, Korbi.«

»Ach, ja, stimmt. Hast du grad frei?«

»Ich bin Freiberufler, die können sich sonnen, wann sie wollen, wenn sie Zeit und Ruhe haben.«

Auf den Satz hin ernte ich eine hoffnungserregende Pause, weil Korbi kurz überlegt, ob ich ihm damit was sagen will. Er entscheidet sich für »nein« und textet mich weiter zu.

Alex hat ihn einmal erwischt, als er mit dem Fernglas rübergeglotzt hat. Da dachte ich, dass Korbis letztes Stünderl geschlagen hat. Alex ist ein humorvoller, verträglicher Mensch, doch dass der Nachbarspanner seine Freundin ausspäht, das ging ihm zu weit. Er ist wie der Blitz aus seiner Wohnung gesaust. Nur Sekundenbruchteile später hat er unten den Hof überquert und dann habe ich ihn in der anderen Wohnung schreien gehört. Aber wie!

Und dazwischen den Korbi: »Das Fernglas war teuer, Alex, spinnst du!«

Ich vermute, dass es nicht nur Alex' Androhung rechtlicher Schritte gegen ihn war, die ihn kein zweites kaufen ließ.

Mein adretter Banker-Freund hat nämlich ein paar Spezln russischer Herkunft, die Türsteher in einem Münchner Szeneclub sind.

Mit denen ist der Korbi schon mal aneinandergeraten, als er herablassend vom Ausländergschwerl geredet hat. Das hat Alex nicht gefallen und noch weniger den Beurteilten, die ebenso wie der Korbi alle in Wasserburg und Umgebung aufgewachsen sind. Die Ursache für seinen Hass liegt vielleicht darin, dass ihn der Sergej beim Fußball ein paarmal böse stehen hat lassen. Der Korbi ist nur flott beim Reden, Verunglimpfen und Spähen. Rennen war nie seine Leidenschaft.

An dem Abend der unklugen Äußerung hat er allerdings die Strecke vom *Queens*, dem Pub an der Roten Brücke, bis zu seinem Heim hinter der Ledererzeile in weniger als vier Minuten zurückgelegt. Ich hab seine Ankunft gestoppt, nachdem mich Alex lachend angerufen hat.

Gleich am nächsten Tag hat Alex extra für mich einen Palmengarten auf seiner Terrasse angelegt und einen echt holsteinischen Strandkorb dazwischen platziert, damit ich

Ruhe habe. Eine Hängematte hätte zwar zu den Palmen besser gepasst, und ich liebe Hängematten. Aber ich werde mich hüten, mich über eine solche Geste zu beschweren. Trotzdem späht der Korbi weiter, jetzt durch die Vorhänge, wenn er Urlaub hat. Was mich nervt.

Statt mich also zu sonnen, schaue ich im Atelier die Anzeigen in der Tageszeitung nach Wohnungen mit Atelier oder auch nach ausgedienten Kuhställen durch.

Währenddessen höre ich mit einem Ohr der Unterhaltung zwischen Oliver und Franz zu.

Oliver hat sich überwunden und daheim auf den Anrufbeantworter gesprochen. Da sein Handy im grünbraunen Forellenteichwasser versunken ist und er die anderen Telefonnummern seiner Eltern nicht auswendig weiß, wartet er nun unruhig. Er hat meine Nummer für einen Rückruf angegeben. Das Warten zerrt an seinen Nerven. Er will sich beschäftigen. Das ist ein kleiner Schritt in die richtige Richtung. Dem steht nur leider der Franz im Weg.

»Franz, ich würde wirklich gerne im Laden helfen. So könntest du in der Zeit zum Kaffeetrinken gehen.«

»Das kann ich so auch, und die Minnie verlangt nichts.«

Den habe ich verzogen, den Kerl, das muss sich ändern.

»Demnächst schon, Franz, denn ich ziehe aus und werde mehr Miete zahlen müssen.«

Er schaut mich entsetzt an. Aha, kaum betrifft es ihn, kann er mein Dilemma nachfühlen.

»Soll ich deiner Mama ein bisserl schöntun? Vielleicht gibt sie nach, Minnie.«

Ich schaue ihn perplex an. Dann muss ich lachen.

»Ich habe gekündigt, nicht sie. Du willst der Traudl schöntun? Sie hält dich für stinkfaul, Franz. Wenn sie spitzkriegt, wie oft ich für dich als Hausmeister eingesprungen bin oder du ein einziges Mal die Miete nicht zahlst, bist du sofort draußen. Solche wie dich verspeist sie zum Frühstück.«

Franz schweigt, sein Erschrecken spüre ich bis hierher. Vermutlich, weil ich es nachfühlen kann.

Oliver schaltet sich wieder ein, der Junge hat Ausdauer.

»Franz, ich mag Hunde und kenne mich aus. Ich bin der geborene Verkäufer. Ich weiß, welcher Hund welche Leine braucht. Welches Futter für alte Hunde oder Welpen geeignet ist. Ich komme auch bestimmt mit deinem Programm zurecht. Gib mir eine Chance!«

»An meinen Computer geht mir niemand, trau dich nicht!«

Ich zucke zusammen. Wenn der wüsste ...

Interessiert schaue ich zu den beiden hinüber, die sich beäugen. Der eine enthusiastisch, der andere misstrauisch.

Alex kommt gerade herein und bekommt die letzten Sätze mit.

Während er stirnrunzelnd auf die Zeitung schaut und mir einen Begrüßungskuss gibt, witzelt er: »Der Franz wäre ja dumm, wenn er was zahlt. Die Minnie macht ja immer alles für jeden umsonst.«

Alex greift zwar die Worte der Kati-Oma auf, die ich mir mittlerweile gefühlte hundert Mal anhören musste, doch sogar Franz spürt den kritischen Ernst dahinter. Er zieht den Kopf ein bisserl ein.

»So viele Kunden habe ich nicht. Das kann ich mir nicht leisten.«

»Wenn du mehr da wärst oder Werbung machen würdest, könntest du es.«

»Will ich aber ned.«

»Du könntest deinen Versandhandel ausweiten.«

»Danke, ich bin ausgelastet.«

Plötzlich ist aus dem Geplänkel ein Gespräch zwischen Banker und Kunde geworden. Und dass sich Franz unwohl fühlt, ist nicht zu übersehen. Ich interveniere, denn das mag ich nicht.

»Alex, lass uns raufgehen. Ich koch was. Oliver, kommst du mit?«

»Ich geh noch etwas spazieren, Minnie. Dann gerne.«

Er fühlt sich als drittes Rad am Wagen, eine blöde Situation. Ich verstehe auch nicht, warum die Eltern nicht anrufen.

Franz hat seine Aufmerksamkeit wieder auf den Rechner gerichtet und ignoriert uns.

Mit dem inzwischen üblichen Herzschmerz betrete ich meine Wohnung und starre hinaus auf den Inn. Die Tauben gurren mich freundlich an.

Alex legt seine Arme um mich.

»Du willst doch hier gar nicht raus, Minnie. Warum tust du dir das an?«

»Weil ich das Gescheitmeiern und die Einmischerei von der Traudl nicht mehr packe, Alex. Sie soll sich aus meinem Leben raushalten.«

»Das verstehe ich ja. Aber glaubst du wirklich, dass sie Ruhe gibt?«

Ich seufze nur, denn ich weiß ja, dass er recht hat.

»Ich könnte ihr dann die Tür vor der Nase zuschlagen, das kann ich hier nicht.«

»Lass es einfach laufen, du weißt ja, bei mir ist immer ein Bett für dich frei.«

Kichernd antworte ich: »Du meinst, es ist immer Platz in deinem Bett für mich frei.«

Er lacht und küsst mich ungestüm, sodass mir Hören und Sehen vergeht. Leider klingelt es mitten in der

Leidenschaft, Oliver hat seinen Spaziergang beendet.

Es gibt gebratene Gnocchi mit Gemüse, die mögen die Herren, zumindest sobald ein bisserl Speck mit in der Pfanne ist.

Oliver sitzt dennoch mit trübseliger Miene am Tisch; die vergangenen Tage war er besser gelaunt. Alex fragt ihn nach dem Stand zum Elternfeedback und erntet einen leicht panischen Blick.

»Sie melden sich einfach nicht. Das passt gar nicht zu ihnen, hoffentlich ist nichts passiert.«

»Hat es die Polizei mal versucht?«, hake ich nach. Das kann doch nicht sein, dass die Eltern trotz abgängigem Kind in Urlaub gefahren sind? So was erbost mich, vermutlich weil meine Mutter ja auch etwas sehr geradlinig denkt. Würde mich die Traudl sitzen lassen? Ich kann sie da tatsächlich nicht einschätzen. Käme vielleicht auf mein Vergehen an.

Zumindest ist die Polizei für den Ausreißer da, erzählt Oliver zu unserer Beruhigung.

»Heute wollen Beamte direkt bei mir zuhause vorbeifahren. Meine Eltern trifft der Schlag, wenn da ein Bullenfahrzeug vor ihrer Tür steht.«

Was sie meiner Ansicht nach verdient hätten, wenn sie für den jungen Mann nicht erreichbar sind, gerade dann, wenn er sie am nötigsten braucht. Er ist ein Gerade-nicht-mehr-Teenie, da hat er doch noch ein paar Ausrutscher frei, oder?

»Wie erfährst du das Ergebnis?«, überlegt Alex.

»Der Herr Romberger kümmert sich und kommt hier vorbei, sobald er was weiß. Deswegen denke ich ja, ich könnte derweil dem Franz helfen.«

Ich lache, denn mir ist völlig klar, dass ihm unglaublich langweilig sein muss und auch weshalb. »Macht sich der Handy-Entzug allmählich bemerkbar?«

Er nickt ehrlicherweise. Der Kerl weiß nichts mit sich anzufangen – wie es ja vielen Menschen ohne ihr Smartphone geht.

»Ist es bei der Autobergung eigentlich aufgetaucht?«

Oliver schüttelt zu Tode betrübt den Kopf. »Bisher nicht, aber es ist noch jede Menge Schlamm in dem Wagen. Den müssen sie wegen der eventuellen Beweismittel langsam rausschaufeln.«

»Also ist die Chance auf die Speicherkarte nicht ganz dahin. Das ist doch schon was«, versuche ich es mit einem zugegebenermaßen läppischen Trost.

Es wird nachmittags, bis der Gustl bei mir im Atelier auftaucht und leider keine guten Neuigkeiten bringt.

»Die Eltern sind nicht daheim, Nachbarn waren auch nicht anzutreffen. Die Kollegen probieren es morgen noch einmal.«

Oliver ist käsweiß. »Der Kersthoff hat sie entführt.«

Wir starren ihn an.

»Wieso des?«, fragt der Gustl mit gerunzelter Stirn.

»Damit sie mich erpressen können, dass ich mich stelle.«

»Ja, aber du hast ja nix gesehen.«

»Das weiß der ja nicht.«

Da hat er nicht unrecht, doch sogar für einen gefährlichen Profi fände ich die Reaktion völlig überzogen.

»Und du bist sicher, dass sie keinen Urlaub gebucht haben?«

Die Ohren werden rot, das kann ich ohne astrologischen Hintergrund deuten: Selbst wenn es die Eltern 500-mal erzählt hätten, wahrscheinlich hat es ihn nicht interessiert. Mein Gott, wie lange diese Jungs in der Pubertät feststecken!

»Kannmichnichterinnern«, nuschelt er. Wir verstehen es

trotzdem und haken nicht nach. Er hat ja eine deftige Lehre bekommen. Und jetzt muss er warten und bangen, das ist ja Bestrafung genug.

Dann ist er endlich da: der Freitag des Weinfests, einer der berühmten Tage im Wasserburger Jahr. Das bedeutet Ausnahmezustand für die ganze Stadt.

Es wuseln Menschen überall in den Gassen und auf den Plätzen, die Altstadt ist für den Verkehr gesperrt. Viele Bands treten an verschiedenen Locations auf – von Reggae bis Rock ist da alles dabei. Ich liebe »Max Hurricane und die ESKAlators« und ihren lässigen Jamaika-Ska-Sound. Ja, auch das passt zu Wasserburg.

Unter den Arkaden und auf den Gehwegen sind Biertischgarnituren aufgebaut. Man kann von Vinschgerl über Döner bis zu Bratwürsten allerhand Leckeres an Ständen oder in den Einzelhandelsläden, die oft bis Mitternacht geöffnet haben, kaufen.

Die Weinpreise sind exorbitant, wie die Traudl sagen würde, wenn sie es teuer fände. Tut sie aber nicht, denn hey: Was sind schon 20 Euro für eine Flasche Wein?

Ich setze mich normalerweise auf meinen Klappcampingstuhl vor unser Haus. Den Wein bringen Toni, Basti und Alex mit, weil ich sparen muss. Und ich trinke ja nicht viel, wegen meines »Alkoholproblems«.

Diesmal wird es jedoch nichts mit dem Hinsetzen und Gucken, denn ich helfe Giovanni aus. Ich hetze zwischen Spülbecken, Theke, Eiskühlboxen und Tischen hin und her, dorthin wo ich eben gerade gebraucht werde.

»Stracciatella und drei Kugeln Pistazie, jawoll, kommt sofort«, rufe ich dem Nächsten in der Schlange, die sich bis auf die Gasse windet, zu, während ein Glücklicher mit Erdbeere und Vanille enteilt. Maurizio übernimmt die

Eisausgabe, und ich schlängle mich zwischen den vollen Tischen durch, sammle Altgeschirr ein und wische über die vollgekleckerten Platten. Sause rein und spüle, während Giovanni die Bestellungen und das Abkassieren erledigt.

Liefern darf dann wieder ich, also den Part abwickeln, bei dem kein Trinkgeld springt. Ich muss allerdings zugeben, dass ich dafür nicht schlecht entlohnt werde.

Für mich sind an solchen Events immer die Menschen interessant, die an mir vorbeischlendern und alles kommentieren. Vor allem die Dialekte. Natürlich sind ebenso Touristen hier, aber die meisten Besucher kommen aus dem Umland. Dazwischen loben oder staunen Franken und Schwaben, die Camper aus dem Ruhrpott oder die Familie aus Dresden.

Und alle trinken fleißig was weg. Hier in der Eisdiele gibt es am heutigen Tag nicht nur Aperol Spritz und die gängigen Cocktails mit Eis, sondern auch gut gekühlten Weißwein. Der geht weg wie warme Semmeln, weil es heute brutal heiß ist. Die Luft steht in den Gassen, durch die sich die Menschen mit Zuckerwatte und Mandeln schieben. Wasserburg bietet den jüngsten Gästen sogar eine kleine Eisenbahn und ein antikes Karussell. Ein Mikro-Volksfest im Vergleich zur Münchner Wiesn, aber für Wasserburg ist es schon ganz ordentlich. Und durch das Ambiente eben sehr liebenswert.

Mit einem Mal ist die Sonne hinter den Häusern verschwunden, da wäre es jetzt am Innufer wunderschön. Im Sand oder Kies zu sitzen und den dunkelgrünen Strom zu beobachten, wie er gurgelnd in der Nacht verschwindet.

Auf den Plätzen wird es kühler und damit unglaublich angenehm. Die Leute trinken und lachen oder stehen vor den Bühnen, um auf dem Altstadtpflaster zu Rock oder Reggae zu tanzen.

Meine Arbeitskleidung, T-Shirt und Hose, ist durchgeschwitzt. Die Spülmaschine gleicht einem dampfenden Geysir, wenn sie geöffnet wird. Klappe auf, Minnie pitschnass mit Explosivfrisur.

Meine Haare leuchten wahrscheinlich wie ein roter Flammenkranz um meinen Kopf, denn so feucht bleiben sie einfach nicht im Pferdeschwanz oder Dutt, da kann ich festzurren, wie ich mag.

An einem Tisch an der Mauer im Halbdunkel hat sich ein Mann niedergelassen. Sein Gesicht kann ich in den Schatten nicht erkennen.

Etwas später bringe ich ihm seinen Weißwein, den er bei Giovanni geordert hat. Seine Augen wandern über meinen Körper, und mir wird kalt. Es ist kein Anmachblick, sondern ein kühles Taxieren à la »Was nützt du mir, Kleine?«.

Er ist etwa fünfundfünfzig, ein bisschen füllig, aber nicht so in der gemütlichen bayerischen Gustl-Art: kein Schweinsbraten- und Weißbierbauch. Die Wampe wirkt eher hart, sein Körper sieht jedoch nicht nach viel Muskeln aus. Gibt es hartes Fett? Der Haarkranz um den leicht eckigen Kopf erinnert mich an Michel Piccoli, der in meinen französischen Lieblingskrimis von Claude Chabrol mitgespielt hat. Doch dessen Haarkranz war weiß und der Mann ungleich sympathischer. Was mir ebenso wenig einen Begeisterungsschrei entlockt, ist die angeschwitzte Burt-Reynolds-Gedächtnismatte. Die kennen Jüngere wahrscheinlich ebenso wenig wie den knallharten Chuck Norris und den charismatischen Charlton Heston. Echte Männer, die die Generation meiner Mutter begeisterten und die auf ihren Brustpelz stolz waren. Bei dieser Menge vor meinen Augen schüttelt es mich allerdings. Ein kleines bisschen Männlichkeit darf meiner Ansicht nach in dem Bereich sprießen, aber bitte nicht so zur Schau gestellt und mit Goldkettchen im Nest präsentiert.

Als ich das Glas abgestellt habe und mich entfernen will, hält er mich rasch am Handgelenk fest. Nur ganz kurz, doch es ist mir sehr unangenehm.

»Fräulein Mayrhofer?«

»Fräulein« habe ich schon lange nicht mehr gehört.

»Kennen wir uns?«, erkundige ich mich misstrauisch.

»Nein, aber ich habe von Ihnen erfahren. Darf ich Sie etwas fragen?«

Er hat von mir erfahren? Von wem? In Bezug worauf? Hat er auch einen Rudolf-Tibor zum Nach-Töpfern?

Nachdem ich mich nicht lange aufhalten will – und nicht darf, sonst kürzt mir Giovanni das Gehalt – nicke ich nur eilig.

»Ich suche einen jungen Mann, der für mich arbeitet. Es ist mir sehr unangenehm, doch ich habe gehört, dass er in Ihrem Wohnhaus versucht hat, die Leute zu betrügen. Und was mich völlig schockiert hat, ist, dass er wohl seinen Komplizen umgebracht hat.«

Ich schaue ihn entsetzt an, da muss ich nicht schauspielern. Das muss Kersthoff sein. Hat er Oliver und mich zusammen gesehen? Beobachtet er mein Haus? Was bedeutet das für mich?

Mein Magen flattert leicht. Das habe ich mit Alex auf eine angenehmere Art und Weise. Und die Schweißtropfen auf meiner Stirn? Ich stehe gerade nicht mal an der Spülmaschine. Wie kann einer modernen jungen Frau so ein Goldkettchen-Hanswurst Angst machen? Keine Ahnung, doch er schafft es. Das Herz schlägt mir bis zum Hals, und ich bemühe mich um maßvolles Entsetzen ohne zu stammeln, was mir nicht leichtfällt.

»Betrügen, äh ja, schon, aber wer hat wen umgebracht?«

»Tassilo Berger ist der Ermordete. Er hat mit einem anderen meiner Angestellten an der Haustür gesammelt. Unberechtigterweise und natürlich ohne mein Wissen. Ich bin nun auf der Suche nach Oliver Wißmann, der ihn begleitet hat. Ich glaube, die Polizei hat ihn ebenfalls im Visier. Haben Sie ihn gesehen?«

Ruhig, Minnie, Nerven behalten, nicht alles abstreiten, das wäre unlogisch und verdächtig.

»So ein langer, blonder Schlaks? Ja, er und sein Spezl haben meiner Nachbarin Geld und Karte geklaut. So eine Sauerei!«

»Ja, ich bin auch empört. Vor allem, dass die beiden eine ehrenamtliche Tätigkeit vorgegeben haben. Betrug am Ehrenamt, das ist besonders schändlich, denn die Organisation gibt es wirklich.«

Echt? Der »Ursprüngliche Wald« klang für mich nicht so ganz koscher. Und was will der Kerl von mir?

»Ja, das ist furchtbar. Und man hat Sie jetzt verständigt und wollte wissen, ob sie das in Ihrem Auftrag gemacht haben?«

Er sieht mich völlig entsetzt an, plustert sich auf, ist kurz vor der Explosion. Ich bin fast geneigt, ihm zu glauben. Fast, denn ich kenne Oliver ja etwas.

»Ich habe Tassilo Berger mit einem Auftrag nach Wasserburg geschickt, der rein gar nichts mit Haustürbetrug zu tun hatte.«

»Womit dann? Was hatte er denn in Wasserburg zu erledigen?«, meine Stimme ist naiv-neugierig. Das sind die Blondinen in den Thrillern auch immer. Bevor sie als Erste gemeuchelt werden.

Kersthoff runzelt die Stirn.

Seine Stimme ist laut und unangenehm. »Das tut nichts

zur Sache. Also, wissen Sie, wo ich Wißmann finde?«

»Nein, woher? Ich weiß ja nicht mal, wer Sie sind.«

Vorgestellt hat er sich ja nicht gerade formvollendet. Eigentlich gar nicht.

Die Runzel wird tiefer, und ich sehe ihm an, dass er keine Lust hat, seinen Namen preiszugeben. Ich spüre geradezu, wie mein Näschen zu schnuppern beginnt. Dasselbe Näschen, das einen sehr guten Riecher für das Kriminelle hat.

Burt Reynolds greift erneut nach meiner Hand, dann zuckt er zusammen, lässt schnell los und schaut nach unten. Neben uns sitzt der braune Jagdhund, über den ich neulich gestolpert bin. Er guckt neugierig zu uns auf, zeigt ein bisschen Zähne. Böswillige würde es als Fletschen beschreiben. Ich finde, er lächelt.

»Gehört der Ihnen? Er hätte mich fast gebissen.«

»Ja, das ist meiner«, flunkere ich, weil er offensichtlich Angst vor Hunden hat. »Er hat vermutlich gesehen, wie Sie nach mir gegriffen haben. Das mag er nicht.«

»Wer mag was nicht, Minnie?«, fragt die brummige Stimme vom Gustl hinter mir, und ich spüre, wie mein Herz vor Erleichterung hüpft. Zwei Beschützer genau im richtigen Moment.

Kersthoff steht auf und wirft einen Zehner auf den Tisch. Für ein Glas Wein. Da wird sich der Giovanni freuen.

»Na ja, dann entschuldigen Sie die Störung.«

»Wer sind Sie denn?«, der Gustl hält auch nichts von zuviel Höflichkeit – außer bei den Damen.

»Was geht Sie das an?«, blafft der andere mit mittlerweile zorngerötetem Gesicht zurück.

»Ich bin Polizist und hatte den Eindruck, dass Sie die junge Dame gegen ihren Willen festgehalten haben.«

Kersthoffs Gesichtsfarbe reguliert sich wieder ins Weißliche. Der Ton ist nun »beflissen«.

»Ja, in dem Fall: Mein Name ist Kersthoff, und ich suche nach meinem Angestellten, der angeblich in meinem Namen Haustürbetrug begangen hat. Das war aber nicht der Fall, wie ich eben der Dame erklärte.«

Gustl reicht ein kurzer Blick auf mich. Er kennt mich gut und weiß genau, dass ich Oliver nicht verraten würde. Nicht an Burt Reynolds mit der roten Runzel und dem schlechten Benehmen. Und schon gar nicht an einen Hundehasser! Das gebietet einem der gesunde Menschenverstand.

Der Gustl nickt nachdenklich. »Davon habe ich bereits gehört. Und was hat meine Freundin hier damit zu tun?«

»Ich wollte mich entschuldigen, dass der Vorfall in ihrem Haus stattgefunden hat. Und eben nachfragen, ob sie weiß, wo der Verdächtige Wißmann abgeblieben ist. Immerhin zieht er mich in eine unangenehme Sache mit hinein.«

»Am besten fragen Sie bei der Polizei nach. Die können Ihnen vielleicht schon mehr sagen. Soll ich Sie zur Inspektion begleiten?«

»Das ist sehr freundlich, aber heute nicht mehr. Ich werde mir ein Hotel suchen und morgen zur Polizei gehen.« Er nickt uns nur kurz zum Abschied zu und geht davon.

»Viel Glück bei der Hotelsuche, du Depp«, murmle ich. Das könnte am Abend des Weinfests nicht einfach werden.

»Ist das sein Hund?«, fragt mich der Gustl, und wir beide schauen den braunen Jagdhund an, der den Blick ungerührt erwidert. Vorsichtig bringe ich meine Hand vor seine Schnauze und lasse ihn schnüffeln.

»Na, du Rettungshund: Wem gehörst du denn jetzt?«

Er schleckt mir über den Handrücken, erhebt sein Hinterteil und läuft die wenigen Schritte zur Mauer, wo er sich niederlässt. Den hübschen schmalen Kopf auf die Pfoten gelegt, erholt er sich von seinem Einsatz.

»Mal schauen: Wenn er dir nachher folgt, gehört er

womöglich dir«, grinst der Gustl, und ich seufze. Das bedeutet Geld für Hundefutter und Tierarzt. Warten wir es mal ab, er wirkt nicht so, als hätte er Durst oder Hunger. Falls er ein Streuner ist, dann vielleicht ein geschickt agierender mit einigen Anlaufstellen bei Mädels, denen er beigestanden hat?

»Gut, dass ich eh eine andere Wohnung suche: In meinem jetzigen Mietvertrag sind Tiere verboten.«

»Echt? Seit wann ist die Traudl eine Tierhasserin?«

Der Gustl ist über die Entdeckung nicht glücklich, er mag Tiere. Jetzt muss ich meine Mutter in Schutz nehmen.

»Sie ist keine Tierhasserin, sie mag nur keine Kratzer im Parkett. Aber ich bin schon gespannt, ob sie mein Taubenpaar zum Auszug überreden kann.«

Gustl kichert, denn er beobachtet meine fehlgeschlagenen Versuche seit Jahren.

Giovanni gibt mir hektische Zeichen. Ah, der Italiener bricht durch, der durch Handbewegungen spricht. Die Gestik ist leider eindeutig zu verstehen: »Schau, dass du herkommst und die Spülmaschine ausräumst, sonst ...«

»Gustl, ich muss wieder ran. Danke für deine Hilfe.«

»Weißt was, da ist ein Tisch freigeworden. Ich hätte gern ein Glaserl Veltliner. Und nachher bringe ich dich heim.«

»Das ist lieb, und du kriegst dein Glaserl. Aber der Alex holt mich ab. Wir könnten noch zusammen was trinken, wenn du magst?«

»Ja, gerne.«

Es werden drei Glaserl, bis mich mein gestrenger Capo endlich aus seinen Fängen lässt. Ich will nicht meckern, immerhin habe ich an diesem Abend eine halbe Woche Miete verdient.

Neben Gustl und Alex haben sich nun auch Basti und Toni

eingefunden. Ich lasse eine Runde springen, zum mit Giovanni schwer erdiskutierten Einkaufspreis, und sinke ermattet auf einen Stuhl. Alex greift nach meiner Hand und schaut mich mitleidig an, doch ich ziehe sie weg.

»Fass mich lieber nicht an, ich bin völlig verschwitzt.«

Er zwinkert, aber der erwartete schlüpfrige Kommentar unterbleibt, dank Gustls Anwesenheit. Der hat dem Alex da schon gelegentlich wortreich die Ohren langgezogen, was ich immer sehr lustig fand.

Gustl hat bereits alle über den Kersthoff-Besuch informiert, und Alex ist nicht glücklich darüber, dass ich wieder in die Gefahrenzone gerückt bin.

Ich hebe die Hände. »Ich kann nichts dafür.«

Er seufzt. »Ich weiß.«

Mir ist die Sache natürlich trotz Geysir-Arbeit nicht aus dem Kopf gegangen.

»Weißt du, Gustl, was ich nicht verstehe? Der Kersthoff ist ein großer Fisch, was will der mit Haustürbetrug?«

»Das bringt auch Geld und nicht wenig.«

»Er hat gesagt, er hat den Tassilo mit einem ganz anderen Auftrag nach Wasserburg geschickt. Über den wollte er aber nicht reden.«

»Du hast versucht, den Gangster auszufragen?«, erkundigt sich mein Schatz mit grollendem Unterton, was ich ignoriere. Stattdessen überlasse ich ihm doch meine verschwitzte Hand.

Gustl meint: »Vielleicht stimmt es, dass er damit nichts zu tun hat.«

»Wer hat dann die Ausweise für die Jungs ausgestellt?«

»Laut Oliver hat Tassilo die dort im Büro abgeholt und war danach sehr fröhlich drauf. Wir machen Karriere, waren seine Worte.«

»Mit Haustürbetrug?«, fragt Basti ungläubig.

Toni versteht, worauf ich hinauswill. »Kann es sein, dass er den Tassilo tatsächlich aus einem anderen Grund nach Wasserburg geschickt hat? Zum Beispiel zur Schutzgelderpressung? Oder mit einer Nachricht an den hiesigen Waffenschieberkomplizen?«

»Hauptsache, der Oliver bleibt schön im Haus, nicht dass er dem Kersthoff über den Weg läuft«, sagt der Gustl energisch, und wir sehen uns unsicher an. »Versprochen hat er es«, betont Alex.

»Und er hat Schiss genug, dass er sich daran hält«, meine ich, aber neben einem guten Näschen besitze ich auch ein exzellentes Bauchgefühl. Und das heißt mich gerade eine naive Kuh. Eine Stadt im Partyrausch und ein Jugendlicher, der drinnen alleine ausharrt? Klingt nicht logisch.

»Vielleicht sollten wir noch mal bei ihm vorbeischauen, bevor wir heimgehen?«, frage ich meinen Schatz, der nickt.

Wir stehen auf und warten kurz auf Toni, die wie immer noch auf die Toilette muss. Die Männer reden über das Fußballspiel des TSV Wasserburg vom vergangenen Samstag, und ich merke, wie lange und anstrengend mein Tag war. Nach ein paar Schritten lasse ich mich auf die Bank unter dem Magnolienbaum fallen. Lust auf einen verlängerten Heimweg zu Alex' Wohnung habe ich nicht, aber mich beunruhigt der Gedanke an Oliver.

Die Straßen sind weiterhin recht gut gefüllt. Doch plötzlich sehe ich ihn. Warum er mir aufgefallen ist, weiß ich nicht. Oliver ragt nicht aus der Menge. Vielleicht war es die Geschwindigkeit, mit der er sich durchdrängelt. Und nur wenige Meter hinter ihm erspähe ich Kersthoff und einen weiteren Mann.

Oliver muss das Haus verlassen haben und ist ihnen direkt in die Arme gelaufen.

So ein Dummkopf, so ein unvernünftiger!

»Alex, Gustl!«, rufe ich dem Männerratschverein zu. Mit nicht gerade durchschlagendem Erfolg. Das Thema ist Fußball, und keiner bewegt sich auch nur ein Stück. Ich schreie nochmals und deute in die Richtung. Alex nickt, seinem Blick nach hat er es trotzdem nicht kapiert.

Ich flitze auf die Straße und weiß, wenn ich jetzt erst allen erkläre, was los ist, erwischen die Verfolger ihre Beute. Denn Oliver steuert die Sedlmeiergasse an. Eine Sackgasse!

Ich drücke mich an der Hauswand entlang, da kommt man schneller vorwärts als in der Straßenmitte. Hinter mir höre ich nun meinen Namen. Es wird ihnen doch nicht aufgefallen sein, dass ich mich aus dem Staub mache?

Mit einem Mal sehe ich den Jungen nicht mehr. Kersthoff und sein Mitjäger stehen mitten im Menschenstrom und blicken sich ratlos um. Ich spare mir das Ducken, so kleine Menschen wie ich fallen in dem Gedränge nie auf, und wusle zu der Stelle, an der ich Oliver zuletzt erspäht habe. Im Eingang zu einem Geschäft sehe ich einen Schuh hervorstehen. Oliver hat sich hinter dem Mauervorsprung auf den Boden gekauert und springt vor Schreck beinahe in die Höhe, als ich ihm auf die Schulter tippe. Aus schreckgeweiteten Augen starrt er mich an.

»Ruhig, Oliver. Bleib unten!«

»Kersthoff! Er ist hinter mir her!«

»Ja, ich weiß, ich habe ihn gesehen. Komm mit, wir machen uns aus dem Staub. Und geh gebückt!«

Ich halte ihn einen Augenblick fest, während in meiner Tasche das Handy vibriert. Die beiden Verfolger sehen sich nach wie vor suchend um. Kersthoff gestikuliert eine klare Anweisung: Sie werden sich aufteilen. Der Chef wandert langsam und sich immer wieder um die eigene Achse drehend in Richtung Ledererzeile weiter, während sich der andere Mann durch die Gerblgasse Richtung Palmanopark –

und Polizei – bewegt. Sie denken, Oliver ist weitergegangen. Aber wir können zurück.

»Jetzt!«

Wir verlassen den unsicheren Platz und biegen nach rechts in die Färbergasse ein.

»Oliver, gib Gas!«

Wir laufen die Gasse entlang und erreichen dann den Durchgang, der links zum Rathaus führt. Ich verlangsame mein Tempo und krame mit zitternden Fingern nach meinem Handy.

Alex ist sofort dran. »Minnie, was ist ...«

»Alex, Oliver ist eben vorbeigelaufen. Kersthoff hat ihn mit einem anderen Mann verfolgt. Sie haben sich aufgeteilt und sind in Richtung Polizei und Ledererzeile davon.«

Mir bleibt die Luft weg, deshalb kommt Alex zu Wort. »Wo seid ihr jetzt?«

»In der Passage zwischen Färber- und Herrengasse.«

»Weiß Kersthoff, wo Oliver gerade wohnt?«

Oliver hat ihn verstanden und nickt.

»Ich habe aus dem Fenster gesehen, da stand er auf der anderen Straßenseite und hat herübergeschaut. Er wusste, dass ich da bin. Deswegen bin ich raus aus der Wohnung und nach unten. Da kamen sie schon die Treppe herauf. Ich hab mich im Seitengang versteckt.«

Er keucht, und ich verstehe, dass es nicht nur am schnellen Lauf eben liegt. Das war sicher eine furchtbare Situation für ihn.

»Sie wussten genau, welche Wohnung es ist. Sie haben geläutet. Und mir war klar, das ist die einzige Chance abzuhauen. Sie haben natürlich meine Schritte gehört und sind mir gefolgt. Vor dem Laden bin ich dann gegen Franz gerannt, der ist dabei hingefallen. Das tut mir leid, aber er stand mitten im Weg.«

Aus meinem Handy klingt die ruhige Stimme, die leider Fürchterliches einleuchtend zusammenfasst: »Wenn sie von dir wissen, Minnie, wissen sie auch von meiner Wohnung.«

Im Hintergrund höre ich den Gustl, der sein Heim als Unterkunft anbietet. Alex lehnt das ab.

»Gustl, der Kersthoff hat dich eben kennengelernt. Der sieht dich doch als nächste Möglichkeit. Und er hat schon den Tassilo getötet.«

Mir wird gerade schlecht, wenn ich mir vorstelle, dass ich den Gustl verlieren könnte. Der erwidert ganz gelassen: »Ich schau bei den Kollegen vorbei und bitte sie um Schutz, Minnie.«

»Nein, Gustl, nicht in diese Richtung. Da ist ja der Komplize unterwegs. Das ist zu gefährlich.«

Nach einer kurzen Pause kommt ein Vorschlag vom Gustl, bei dem mir fast die Ohren schlackern.

»Macht euch auf den Weg zur Traudl. Ich rufe sie an.«

Hektisch schneide ich ihm das Wort ab: »Die Traudl lässt mich und einen Kriminellen niemals zur Tür rein.«

»Du bist ihr Kind, Minnie. Natürlich lässt sie dich rein.«

Habe ich nicht erst vorher darüber nachgedacht, ob sie zu mir halten würde? Trotz unseres Streits?

Es widerstrebt mir so sehr, sie um Hilfe bitten zu müssen. Aber ein Blick ins Olivers Gesicht sagt mir, dass es den Versuch wert ist. Ich gebe nach. »Okay.«

Alex organisiert weiter.

»Der Gustl geht direkt zu ihr. Ich tu so, als ginge ich heim und treffe euch im Greinhof. Wir steigen über die Treppe rauf zur Burg und schleichen obenrum zur Traudl, möglicherweise steht noch eine Wache vor deinem Haus.« Das tröstet mich, ich muss nicht allein zu ihr.

»Wer ist die Traudl?«, wagt Oliver zu fragen, als wir uns am Ende der Passage vorsichtig umsehen und dann die

Herrengasse entlangflitzen.

»Meine Mutter«, sage ich und spüre seinen neugierigen Blick.

In Nähe der Kirche gibt es einen Schleichweg in den Greinhof. Dort angekommen bleiben wir hinter den Säulen in Deckung, denn Kersthoff könnte von der anderen Seite, der Ledererzeile, hereinschauen. Doch ich erkenne die Gestalt gleich, die durch den schmalen Weg vom Drogeriemarkt zu uns stößt, und atme auf.

Ich mache einen kleinen Schritt, und Alex kommt auf uns zu. Am liebsten würde ich mich kurz in seine Arme werfen, doch das wäre Oliver gegenüber unfair. Der hat keinen zum Umarmen. Und zu ängstlich will ich nicht rüberkommen, sonst macht Alex sich demnächst noch schneller Sorgen. Kersthoff hat auf mich tatsächlich einen furchteinflößenden Eindruck gemacht, muss ich zugeben.

»Alles okay?«, fragt er eher an Oliver gewandt, der nickt. Aber es ist meine Hand, die Alex fest in die seine nimmt.

»Lässt sie uns rein?« Dieser Satz fällt mir unglaublich schwer. Es ist, als klebe er innen an meinem Gaumen und weigere sich loszulassen. Alex versteht ihn trotzdem.

»Gustl kriegt das schon hin. Jetzt lass uns gehen.«

Wir klettern die Treppe hinauf zur Burg und biegen oben wieder Richtung Brücke ab. Nur wenige Schritte sind es bis zur Tür der möglichen Verdammnis. Alex läutet an dem Haus in der Kurve.

»Ja, bitte?«

»Wir sind es, Traudl.«

Der Türöffner surrt, und wir betreten ein Treppenhaus, das völlig renoviert dennoch von alter Pracht zeugt.

»Alles in Ordnung, kommt's rauf!« Der Kopf vom Gustl schaut über das blitzblanke Holzgeländer zu uns herunter.

Nun stehen wir uns gegenüber. Es hat was vom

Showdown mit Gary Cooper.

Traudl blickt mich an, nur kurz, und begrüßt Alex und Oliver, die an ihr vorbei in die Wohnung gehen. Ich öffne meinen Mund, denn ich muss etwas sagen. Mich bedanken, schließlich hilft sie uns aus einer Situation, in der ich mich viel zu oft gegen ihren Willen befinde.

Doch sie kommt mir zuvor, geht einen Schritt auf mich zu und schließt mich fest in die Arme.

»Kind, Arminia. Was machst du nur?«, höre ich sie murmeln, aber es klingt nicht böse.

»Entschuldige.« Mehr bringe ich nicht heraus.

»Du kannst ja diesmal nichts dafür. Glaube ich.«

Ich überlege kurz. Na ja, hätte ich nicht am Inn mit Oliver gesprochen, wäre er vermutlich auch nicht gerade bei mir aufgeschlagen.

Sie lächelt mich an, und ich kann nicht anders, als das Lächeln zu erwidern. »Es tut mir leid, dass wir dich da mitreinziehen.«

»Ich bin deine Mutter, und wenn du in Gefahr bist, will ich mitreingezogen werden. Lass uns drinnen reden.«

In der nächsten Stunde erkenne ich sie nicht wieder. Sie spricht besänftigend mit Oliver über seine Eltern, schickt ihn jedoch bald ins Gästezimmer, weil er völlig erledigt aussieht. Alex zieht derweil die Couch im Wohnzimmer aus. Ich fühle mich so verschwitzt nach dem anstrengenden Abend nicht wohl und dusche kurz. Dann sitze ich, in einem von Traudls Kaftans, zusammengesunken auf dem Küchenstuhl und bekomme mit, wie meine Mutter meint: »Das ist von den Eltern unverantwortlich, sich einfach davonzumachen. Aber solche gibt es leider auch.«

Die Version der Entführung glaubt sie ebenso wenig wie wir anderen. Wir erörtern, was wohl der Grund für das

Schweigen der Eltern sein könnte.

Als mir die Augen mitten in einem Satz zufallen und die beiden Männer lachen, wird Traudl plötzlich zur strengen Beschützerin.

»Alex, siehst du nicht, dass Arminia ins Bett gehört?«

Hui, der Ton macht ihm Beine, und gleich darauf finde ich mich in einer warmen Umarmung in der Horizontalen wieder. Der Genuss ist kurz, denn ich brauche keine zwei Sekunden, um einzuschlafen.

Am nächsten Morgen weckt mich Kaffeeduft und sanftes Streicheln. Warum duftet es bei Traudl nach Kaffee? Sie rollt doch sonst den roten Teppich für die Vollautomaten aus.

Aus der Küche höre ich bereits Olivers Stimme.

»Ich habe so Angst, dass sie mich nicht mehr wollen. Ich könnte es ja verstehen. Ich hab so viel Mist gebaut, Traudl.«

»Ach Unsinn, Junge. Da ist einfach etwas anderes dazwischengekommen. Du wirst sehen, sie melden sich bei dir. Die Sterne sind der gleichen Meinung.«

Kurzes Schweigen. Was soll er darauf auch sagen? So einen Satz muss man erstmal verdauen. Es geht schnell bei ihm, er klingt neugierig.

»Was meinst du damit, Traudl?«

»Ich bin heute früh aufgestanden, als der Gustl zur Polizei wollte, und habe die Zeit genützt.«

Sieh an, der Gustl hat hier übernachtet. Und alle Gästezimmer waren belegt. Es wird Zeit aufzustehen und Neugierbefriedigung und Problemlösungen anzugehen.

Mein erster Blick in der Küche fällt auf eine herkömmliche Kaffeemaschine, die just an dem Platz des modernen Monsters steht. Mein zweiter wandert ungläubig zur Traudl, die ein bisschen verlegen wirkt.

»Du hast recht, Arminia, der Geruch ist so intensiver. Setzt euch! Möchtet ihr ein Rührei?«

Das nehmen wir gerne an.

Traudl ist natürlich nicht völlig ausgetauscht. Ein kleiner Seitenhieb landet bei mir, als sie Oliver zuredet, die Schule zu beenden. Wegen der Möglichkeiten.

»Ja, das hat die Minnie auch schon gesagt«, verpetzt er mich nichtsahnend.

»Es ist nie zu spät«, lautet der Spruch der Sterndeuterin.

»Never touch a running system«, erwidere ich lächelnd und spüre, wie Alex zusammenzuckt. Er kennt meine Meinung zum Heiraten. In nächster Zeit zumindest.

»Damit meine ich, dass ich so glücklich bin, wie ich leben und arbeiten darf«, beruhige ich ihn. »Ich habe euch alle an meiner Seite, und andauernd kommt etwas Neues dazu, das mir Freude macht.«

Ich erzähle ihnen von Tonis Nachricht, dass das Altenheim mich gerne zu ähnlichen Aktionen buchen würde wie den Ausflug mit der Kati-Oma. Und ich bekäme sogar Geld dafür. Peanuts, das Wort lese ich von den Lippen meiner Mutter ab, obwohl sie diese zusammenpresst.

»Ja, Peanuts, aber regelmäßig und mit Sozialversicherung.«

Bevor sie aufbegehren kann, beuge ich mich vor und sage eindringlich: »Traudl, es gibt Menschen, die haben keine Tochter, keinen Sohn, keine Enkelkinder, die nach ihnen sehen und mit ihnen sprechen. Und die Angestellten im Heim tun ihr Möglichstes, sind jedoch oft genug am Rotieren wegen der Unterbesetzung. Du weißt, dass du jemanden hast, solltest du einmal nicht mehr so mobil sein. Oder falls es dir vielleicht nicht mehr so gut geht. Warum willst du nicht, dass auch andere ein kleines Stück glückliches Miteinander bekommen?«

Sie schluckt, und es ist mucksmäuschenstill im Zimmer. Dann höre ich zum zweiten Mal an diesem Morgen einen Satz, den ich zuvor vermutlich nie oder zumindest nicht seit meiner Kleinkindzeit gehört habe. An die ich mich natürlich nur eingeschränkt erinnern kann.

»Du hast recht, Arminia. Es ist egoistisch von mir. Ich habe nur Angst, dass es für dich einmal zu wenig sein wird.«

Ich lege meine Hand auf ihre. Es kostet mich Überwindung, denn ich weiß nicht, ob sie sie zurückzieht. Doch sie bewegt sich keinen Millimeter. Und möglicherweise ist jetzt der Moment, an dem ich ihr meine Beweggründe klarmachen kann. Dazu muss ich ehrlich sein, was ihr Munition geben könnte. Doch schlechter als in den vergangenen Tagen kann es zwischen uns ja nicht mehr werden.

»Du hattest nicht immer Glück im Leben, Traudl, und hast das Beste daraus gemacht. Für dich und ebenso für mich. Das Mietshaus wird mich und irgendwann meine Kinder stets vor dem Schlimmsten bewahren. Also bin ich in der glücklichen Lage, dass ich kein Geld scheffeln muss. Ich kann es mir leisten – zum einen wegen meiner geringen Ansprüche, aber auch dank dir und deiner Vorsorge. Sodass ich von diesem Glück zumindest in Form von Zeit etwas weitergeben kann, oder?«

Ich sehe die Empfindungen auf ihrem Gesicht. Winzige Zeichen, ich erkenne sie trotzdem: Melancholie, Stolz, Verlegenheit und dann möglicherweise ein kurzes Verstehen? Doch sie geht nicht auf meine Worte ein. Nur eines dieser Gefühle offen zuzugeben, fällt ihr schwer. Ich dagegen trage mein Herz meist auf der Zunge. Das liegt daran, dass ich eine glückliche Kindheit hatte, umsorgt wurde, wird mir mit einem Mal klar.

Überraschenderweise löst sich Traudl nicht vom Thema, obwohl sie ihre Worte an Oliver richtet, nicht an mich. Sie flüchtet in den Bereich, in dem sie sich sicher fühlt: die Sterne und die Deutung ihrer Konstellationen.

»Ich neige zur Rechthaberei, das liegt an dem Pluto im ersten Haus, der sehr stark ist. Und der Aszendent Jungfrau verstärkt den Hang zur Pedanterie. Ich habe es gerne rational in meinem Leben. Alles andere hat mir kein Glück gebracht. Wann bist du geboren, Oliver?«

Oliver schaut sie fasziniert an. Ganz ehrlich bricht es aus ihm heraus: »Aber widerspricht sich das nicht? Sterndeutung und rational zu sein?«

Traudl lächelt weise, und ich weiß, was nun kommt, denn ich habe es schon oft gehört: »Der Mars im Stier will finanzielle Sicherheit für mich. Das brauche ich nach meiner Vergangenheit. Ich möchte, dass es meine Tochter besser hat als ich. Die Wissenschaft der Astrologie hat mir einen Leitfaden gegeben. Die Sterne erklären mir vieles über mich und auch über Arminia. Weshalb wir so gegensätzlich sind. Oder warum ich das, was sie ganz offen auslebt,« – das hört sich irgendwie verrucht an – »nicht wage. Sie ist mutiger. Und oft genug sagt mir die Stellung der Venus, dass ich ihr nacheifern sollte. In dem Sich-Kümmern. Die Sterne sind rational und passen deshalb sehr gut zu mir. Also: Wann ist dein Geburtstag, Oliver?«

Sie steht auf und holt ihre Karten und Tabellen aus dem Sekretär aus Birnenholz mit der wundervollen Maserung. Ich liebe diesen Schrank, obwohl ich die Rechnung dafür gesehen habe. Die hat mir den Atem so geraubt, dass ich kurz vor dem Röcheln war.

Aber ich darf Traudl das, was mir Verschwendung scheint, nicht vorwerfen. Sie braucht Sicherheit. Sagen Mars und Stier. Und ehrlich gesagt auch die Logik, nachdem sie sich so lange allein mit mir herumschlagen musste. Da packt mich doch ein kleines schlechtes Gewissen. Denn so betrachtet, schlägt sie sich immer noch mit mir herum.

Beeindruckt beobachtet Oliver, wie sie das Buch aufschlägt und ihn dann fragend ansieht. Schnell gibt er Antwort: »Äh, ich bin am 27.01.1998 geboren.«

»Um welche Uhrzeit?«

»Morgens gegen 10. Meine Eltern hatten die ganze Nacht auf mich gewartet.«

Leise fügt er hinzu: »Das hat sich nicht geändert. Man kann sich wohl nicht auf mich verlassen.«

Traudl wiegt den Kopf hin und her. Ob es ein Nicken oder ein Schütteln sein soll, kann ich nicht sagen. Ihr gepflegter Finger mit dem akkurat in mutigem Violett lackierten Nagel fährt die Tabellen ab.

»1998 ist das Jahr des Tigers. Die Sonne steht im Wassermann – das bedeutet, wie der Tiger, Freiheitsliebe und einen starken Hang zur Individualität. Du passt dich nicht gerne an und rebellierst gegen das Althergebrachte.« Sie sieht ihn nachdenklich an, und er schluckt, aus gutem Grund. »Du lernst nur schwer aus eigenen Fehlern. Weil du oft nicht ausdauernd genug in deinen Plänen bist. Gib mir ein wenig Zeit, auszurechnen, was die weiteren Konstellationen für dich in der Zukunft bedeuten.«

Ich räuspere mich, denn ich weiß, diese Berechnungen dauern. Für Oliver ist weder die Beschäftigung mit sich selbst verkehrt, noch, dass er in der sicheren Obhut bleibt. Aber Alex und ich möchten uns verabschieden.

Traudl und Oliver schauen kurz auf, und ich sage ruhig: »Wir würden dann mal versuchen, den Gustl zu erreichen. Oder zur Polizei zu gehen. Wir rufen an, wenn wir Neues erfahren. Passt das? Kann Oliver in der Zwischenzeit hierbleiben?«

»Natürlich, er soll wissen, was ihm die Sterne raten, und das dauert ein bisschen.«

Oliver sieht eher interessiert als unglücklich aus. Traudl zwinkert mir zu und erklärt zu Oliver gewandt: »Arminia vereint die Eigenschaften von Ratte und Schwein.«

Nun zuckt er schockiert zurück.

Ich lebe, seit ich denken kann, mit dieser Reaktion, und sie entlockt mir immer wieder ein Grinsen.

»Keine Angst, das sind ganz nette Tierchen«, meine ich zu Oliver, damit der weiß, dass ich meiner Mutter deshalb nicht böse bin. Weder sie noch ich können etwas dafür, dass die Chinesen – oder wer auch immer – ausgerechnet diesen Tieren so schmeichelhafte Eigenschaften zugeordnet haben.

Während wir das Geschirr in die Spülmaschine und die Lebensmittel in den Kühlschrank räumen, höre ich in eindeutig stolzem Ton von Traudl: »Das Schwein ist gutmütig, hilfsbereit und liebenswert. Ihre Klugheit und den Einfallsreichtum hat Arminia von der Ratte, das macht sie so fantasievoll bei ihren Arbeiten.«

Alex küsst mich auf den offenstehenden Mund. Ungläubig frage ich: »Hat sie das schon jemals so formuliert?«

Er flüstert zurück: »Nicht so offen. Ich habe den Eindruck, die Sterne haben ihr das neuerdings etwas verdeutlicht.«

Oder der Gustl, denke ich. Aber es könnte durchaus sein, dass sie selbst darauf gekommen ist. Denn die Traudl beschäftigt sich mit dem seelischen Innenleben der Menschen auf eher unkonventionellen Wegen, sagt sie, das liegt am Wassermann und irgendeiner Konstellation mit diesem. Sie ist alles andere als weltfremd, meine Mutter, nur eine Meisterin der Verdrängung. Sie hat über mich nachgedacht wegen unseres Streits und versucht nun, manches anders zu bewerten. Es macht mir Mut, dass sie den ersten Schritt zu einer Änderung gemacht hat.

Bevor wir gehen, trete ich hinter sie. Sie ist völlig vertieft, zeichnet und rechnet. Als ich sie auf die Wange küsse, sieht sie mich erstaunt an. Und mit einem Mal spreche ich die Worte, die zwischen Mutter und Tochter selbstverständlich sein sollten, problemlos aus. »Danke. Fürs Aufnehmen und deine Worte eben.«

Sie lächelt, und ich sehe, dass ihre Lippen dabei leicht zittern. Meine rationale Mutter unter dem Einfluss der Venus gefällt mir sehr gut. Apropos Venus, ich muss nachher Gustl fragen, wo er eigentlich geschlafen hat.

Wir treffen den Gustl fast vor der Polizeiinspektion, doch er nähert sich der Backstube und damit seiner morgendlichen Inspektion von Hofstatt, Kaffee und Butterbreze. Er lässt sich nicht auf der Straße ausfragen, also leisten wir ihm Gesellschaft an einem der kleinen Tische in der Sonne.

Die Stadt ist schon wach und beseitigt die Spuren des Weinfests. Mein Blick wandert stetig in die Runde, sucht den Kersthoff samt Komplizen.

»Der hatte sich beim Huberwirt einquartiert«, mampft der Gustl, der wieder im für ihn offenen Minnie-Buch liest. »Jetzt war er grad bei der Polizei. Er hat dem Gerhard dieselbe Story erzählt wie dir gestern. Der hat den Spieß umgedreht und Kersthoff auf die Flecken auf seiner Weste angesprochen. Daraufhin ist er ziemlich schnell abgerauscht.«

»Aber er wird nicht gehen, bevor er Oliver hat«, vermute ich, und die beiden wichtigsten Männer in meinem Leben nicken nachdenklich. Plötzlich stupst mich etwas Feuchtes am Ellbogen.

Der nächste Mann in meinem Leben? Der braune Hund steht schwanzwedelnd neben mir.

»Ja, du. Wo kommst du denn her?«, frage ich und streichle ihn sanft.

Am Nachbartisch sitzt Frau Weilharter, meine ehemalige

Grundschullehrerin, jetzt in Altersfreizeit oder -stress, wie man es nehmen will. Denn die Frau ist vielbeschäftigt wie eh und je. Sie engagiert sich in der Nachbarschaftshilfe und im Tierschutz.

Früher hat sie sich engagiert, Minnie Mayrhofer Mathematik näherzubringen. Mehr Erfolg hat sie mit den jetzigen Tätigkeiten, muss ich zugeben.

Mit Blick auf den Hund meint sie: »Das ist ein Streuner, Minnie. Wir haben im Frühling überall Zettel ausgehängt, um den Besitzer zu finden. Auch der Tierschutzverein hat niemanden festgestellt.«

»Warum haben die ihn nicht mitgenommen und vermittelt?«, frage ich nach. Das ist eher unüblich, ein streunendes Tier laufen zu lassen.

Frau Weilharter rührt energisch in ihrem Cappuccino. Ich kann gar nicht zusehen: Da verschwindet doch der Milchschaum viel zu schnell. Zwinkernd zeigt sie auf den vierbeinigen Charmeur.

»Findest du, dass er verwahrlost oder hungrig wirkt? Außerdem hat er sich nicht mitnehmen lassen. Er hat hier gemütlich in der Sonne gelegen. Aber als die Mitarbeiter vom Tierheim näherkamen, ist er plötzlich zwischen den Stühlen durch und davongesaust. Der wusste genau, wer die sind und was sie wollen. Und er wollte eben frei bleiben.«

Hm, verständlich, obwohl die Futtersituation im Tierheim sicher besser wäre. Und so ein hübscher Kerl sollte sich problemlos vermitteln lassen.

»Du bist schon ein Süßer«, schmeichle ich ihm, während Gustl und Alex weiter palavern.

»Der Kersthoff hat allerdings zugegeben, den Tassilo nach Wasserburg geschickt zu haben. Mehr wollte er nicht sagen ohne Anwalt. Das reicht leider nicht, um Oliver aus der Geschichte zu nehmen.«

»Das Beste wäre, wenn die Eltern endlich auftauchten und Oliver abholen würden.«

»Kersthoff weiß seinen Namen, der bleibt ihm auf den Fersen.«

»Dann muss er kapieren, dass Oliver nichts mitbekommen hat.«

Ich schalte mich empört ein. »Und man lässt ihn mit dem Mord davonkommen? Immerhin ist der Tassilo tot.«

»Kersthoff hat ein Alibi. Friseurtermin in Berchtesgaden.«

»Da hat der Friseur aber jede Menge Haare übersehen«, kann ich mich nicht zurückhalten und kichere. Die beiden verstehen nur Bahnhof, und ich weigere mich, meine kindische Bemerkung aufzuklären.

»Was ist mit seinem Begleiter?«

»Kersthoff hat sich dumm gestellt, als ich gefragt habe. Er wäre allein hiergewesen. Ich konnte ja schlecht sagen, dass wir die beiden bei Olivers Verfolgung bemerkt haben. Sonst weiß er, dass wir Oliver gesehen haben, und wir bringen dich und Traudl zusätzlich in Gefahr.«

»Apropos Traudl. Die Wohnung war ja heute Nacht sehr voll, nachdem sie uns alle netterweise aufgenommen hat.«

Auf meinen sprechenden Blick hin räuspert er sich und lenkt ab. Wenn das und die roten Ohren mal kein Geständnis sind. Ich habe Mitleid mit dem verlegenen Kriminaler und schlage vor:

»Also der Begleiter könnte es gewesen sein. Auf Kersthoffs Anweisung hin.«

»Vermutlich, aber nicht bewiesen.«

»Dann müssen wir es beweisen«, sage ich locker flockig und gut gelaunt, während ich weiter über das weiche braune Fell streiche.

Da spüre ich Alex' festen Griff an meinem Oberarm.

»Du meinst, das muss die Polizei beweisen, Minnie. Nicht wahr?«

Oje, ich habe den Zerberus geweckt. Den Höllenhund meines persönlichen Schutzraums, den ich seiner Meinung nach nie verlassen sollte. Ich lächle ihn an, was keine Auswirkung auf seinen Griff hat.

»Geh, Alex, wie soll die Polizei das machen? Die hat nichts in der Hand, deshalb müssen wir Oliver helfen. Wir stellen dem Kersthoff eine Falle und dabei schnappt die Polizei ihn. Alles eine Frage der Abstimmung.«

»Zwischen den Kollegen und Gustl, nicht mit dir.«

Alex ist ein ruhiger, humorvoller Mensch, aber er kann so wütend werden, dass er mir beinahe Angst macht. Seine blauen Augen blitzen. Und es nützt nichts, ihn harmlos anzulächeln, die zusammengepressten Lippen werden nicht weicher. Er kennt mich zu gut. Trotzdem: Ich will, dass auch einem Gauner wie Tassilo Gerechtigkeit widerfährt. Und ein anderer Ermordeter fällt mir ein.

»Den Italiener hat er ebenso auf dem Gewissen. Soll der wirklich damit davonkommen, Alex?« Jetzt werde ich ebenfalls energisch.

»Nein, aber ein Minnie-Mäuschen ist nicht die Richtige dafür, einen mehrfachen Mörder auszutricksen. Für diesen Zweck gibt es eine eigene Behörde, sogar mehrere.«

Der Gustl ignoriert unsere Diskussion. Nachdenklich lässt er eine neue Variante einfließen, die zumindest mich ablenkt.

»Dass es nicht ums Haustürgeschäft geht, ist uns ja allen klar, oder? Vielleicht ist das Thema nicht einmal die Schutzgelderpressung. Das LKA hat dem Gerhard berichtet, dass er auch die Finger in dubiosen Geschäften mit illegalen Downloads hat. Wir müssen rausfinden, mit welchem

Auftrag der Tassilo hier war.«

Alex und ich starren den Gustl an. Ich wische ihm geistesabwesend einen Krümel von der Backe. Evelyn Hamann hat damals Loriots Liebesgeständnis wegen der Nudel nicht mitbekommen. Ich will nicht, dass mir wegen des Brezenrests etwas Wichtiges durch die Lappen geht.

»Welche Downloads genau, Gustl?«

»Musik, E-Books, Filme. Sie waren mehrmals kurz davor, ihn zu schnappen, aber immer im letzten Moment hat das Portal, das durch Bereitstellung von Speicherplatz die Betrügereien erst ermöglicht hat, dicht gemacht. Leider finden diese Sauhunde dann wieder neue Schlupflöcher und Benutzer, die den Kick der Illegalität lieben.«

Aus meinen Ohren raucht es, ich bin stinksauer. Das Thema betrifft mich persönlich, denn ich verliere auch Geld durch diese Machenschaften.

Solche Portale verklickern es sogar ahnungslosen Lesern, die E-Books über das Internet erwerben wollen, als legal, dass sie für einen kleinen Obulus im Monat alle Dateien herunterladen können. Egal ob Bücher oder eben Musik und Filme. Einige dieser Hacker machen es umsonst, nur um zu zeigen, dass sie es können.

Dadurch gehen den Autoren, Musikern oder Filmemachern Milliarden an Euro durch die Lappen. Geld, für das sie intensiv gearbeitet haben. Ich google regelmäßig meine neu erschienenen Bücher und finde sie immer nach wenigen Tagen in dieser Art Darknet. Gelegentlich erstelle ich mir einen Account und mache auf deren Website Rabatz, indem ich den Kunden die Illegalität schildere. Manche sind dann erschrocken, anderen ist es völlig egal. Als wäre es ein Kavaliersdelikt.

Doch es ist ernsthafter Betrug. Ich habe ausgerechnet, dass ich ohne diese illegalen Weitergaben leicht von den

Erlösen meiner Bücher leben könnte. Das ist doch nicht fair, oder? So teuer sind die meisten E-Books nicht, dass sich die Leser diese nicht leisten könnten. Ein Cappuccino kostet ungefähr ebenso viel wie ein 300-Seiten-Buch, an dem der Autor monate- oder jahrelang gearbeitet hat.

Alex lockert seinen Griff. Das ist auch gut so, denn sonst kriegt mein Schatz einen Teil meiner Wut ab.

»Und ich sage: Den schnappen wir uns!«

Alex schweigt klugerweise, und Gustl fährt fort:

»Sie haben mehrmals eine IP-Adresse in Wasserburg ausfindig gemacht, die man aber nicht genau zuordnen konnte.«

»Es sitzt also wirklich ein Komplize hier?«

»Das ist sicher.«

Wenn ich den in die Finger bekomme, denke ich zornig. Betrügen und dann noch Menschen umbringen.

Wir beschließen, uns Gedanken zu machen und heute Nachmittag in Traudls Wohnung Kriegsrat zu halten. Alex ist mit von der Partie, allerdings schweigsam.

Er begleitet mich heim. Unterwegs beäugen wir misstrauisch die Schatten unter den Arkaden, die dunklen Ecken der Türeingänge, meinen Eingangsbereich. Das einzige und unverdächtige Wesen, das wir sehen, ist der Hund, der uns in einigem Abstand folgt. Wie ein Stalker. Bevor wir das Haus betreten, beobachte ich, dass er sich vor dem Stechl-Keller in die Sonne, die eben über dem Gruber-Gebäude auftaucht, legt.

»Irgendwie sammeln sich gerade die Hunde in meinem Leben, findest du das nicht verdächtig, Alex?«, murmle ich, und mein Schatz schaut mich fragend an.

»Ich seh bloß den braunen Jagdhund, Minnie.«

Ich zähle auf: »Dann gibt es da noch Traudls Pluto, den Rolof-Frodi, den Sauhund, der illegale Downloads macht, und hier den Franz, den faulen Hund.«

Alex schüttelt grinsend den Kopf. »Du und deine Logik.«

Ehe wir ins Treppenhaus gelangen können, treffen wir auf den faulen Hund, der am Wochenende ebenso vor seinem Rechner sitzt und zockt. Die Haare flach am Kopf anliegend, das bedeutet, keine Kunden, Franz sitzt nur am Rechner.

Als er uns erspäht, springt er auf und steht Sekundenbruchteile später vor uns. Ich wusste gar nicht, dass er sich so schnell bewegen kann. Hektisch fuchtelt er vor unseren Gesichtern herum.

»Servus, Minnie, servus, Alex. Was war denn gestern Abend mit dem Oliver los? Der war ja voll neben der Spur, oder? Hat mich umgerannt und ist nicht mal stehen geblieben. Hätte ja sein können, dass ich mir was getan hätte, oder?«

Ruhig bleiben, Minnie. Er kann nichts dafür, sage ich mir innerlich zum zehntausendsten Mal vor.

»Tut mir leid, Franz. Der Oliver war ein bisserl aufgeregt. Das hat er sicher nicht bös gemeint.«

»Der hat sich umgeschaut, als wenn der Leibhaftige hinter ihm her wäre. Hast ihm ned gesagt, dass du Tauben hast, Minnie?«

Er lacht sein dämliches Hähähä, das sonst an mir abprallt. Toller Witz, Franz. Heute bin ich wegen der E-Book-Klauerei etwas geladen und raunze ihn an: »Das ist nicht lustig, wenn sich jemand so erschreckt, du Depp.«

Das Gefuchtel stoppt, er guckt uns bedropst durch die dreckigen Brillengläser an.

»Jetzt mal langsam, Minnie. Ich hab des ned bös gemeint. Haben ihn die beiden Typen erschreckt, die danach die Treppe runtergerannt sind?«

»Du hast sie gesehen? Kannst du sie beschreiben?«
Er druckst etwas rum. Der Held ist bestimmt in Deckung gegangen.
»Ja, weißt, Minnie. Ich hab mich bös gestoßen wegen dem Oliver und bin rein, um zu kühlen. Da hab ich nur ihre Gestalten gesehen. Sonst hätte ich ihnen schon gesagt, dass das Treppenhaus privat ist. Ist ja mein Job.«
Na ja, Franz ist nicht wirklich ein Concierge, der die Besucher ankündigen muss. Da hätte er von der Traudl sicher eine Gehaltserhöhung gefordert. Apropos Job: Dabei fällt ihm was anderes ein.
»Du Minnie, es ist zwar Wochenende, aber ich muss als Selbstständiger trotzdem arbeiten und hab gleich noch einen Termin. Als Hausmeister bin ich ja heute und morgen außer Dienst. Vielleicht kannst du mal nach dem Waschbecken von der Mei Lin schauen?«
»Ich bin kein Hausmeister, Franz. Warum? Was ist mit dem Waschbecken?«
»Das ist verstopft.«
»Ja, dann geh halt mal mit dem Pömpel, oder wie das Ding heißt, hin.«
Er hebt die Hände – ein Bild des verzweifelten, da verhinderten Handwerkers.
»Außer Dienst, Minnie. Und eben der Termin. Sonst hätte ich es natürlich gemacht.«
Und damit sperrt er die Tür ab und ist weg.
Alex schüttelt den Kopf und meint zu mir: »Du machst mehr in diesem Haus als der Franz. Weiß die Traudl das eigentlich?«
Ich seufze. »Nein. Macht es dir was aus, wenn ich kurz zur Mei Lin schaue?«
»Nein, passt schon.«
Ich hole aus dem Hausmeisterkammerl den Pömpel, also

die Saugglocke, und klingle bei Mei Lin. Ihr Mann öffnet und strahlt mich an, als er sieht, was ich in der Hand halte. Nach einer Verneigung – Thais sind wirklich unglaublich nette und höfliche Menschen – lasse ich Wasser in das verstopfte Becken ein.

Mein Banker assistiert und hält den Überlauf mit einem Lappen zu. Nun tritt die Hausmeister-Minnie in Aktion und etwa 40 Sekunden später hat sich das Problem erledigt. Nach zwei oder drei Gläschen Pflaumenlikör verlasse ich, fest bei Alex untergehakt, ein wenig schlingernd die Wohnung. Es ist ein Kreuz, dass ich nichts vertrage, ehrlich.

Als ich durch meine Tür trete, ist er plötzlich wieder präsent: Der Abschiedsschmerz schlägt mir voll aufs Gemüt. Ich stehe da und fange an zu heulen – dank meines Alkoholproblems.

Alex nimmt mich in die Arme, und ich rechne ihm hoch an, dass er mich nicht auslacht, als ich schluchze: »Ich will nicht ausziehen, das ist mein Heim, Alex. Ich will auf den Inn schauen und die Tauben gurren hören. Und mein Atelier unten im Haus haben. Und nebenan meinen Kaffee holen. Ich will nicht raus hier.«

»Musst du ja nicht. Red noch mal mit der Traudl, Minnie. Oder soll ich?«

Ich schüttle den Kopf. »Ist lieb von dir, musst du nicht, hab ich mir selbst eingebrockt.«

Ich lege meine Wange an sein weiches T-Shirt und fühle mich besser, als seine Hand sanft über meinen Rücken fährt. Allerdings brauche ich bald ein Taschentuch, bevor ich ihm das T-Shirt vollrotze. Er schiebt mich auf den Balkon zu den Tauben, in die Hängematte, und drückt mir ein Tempo in die Hand.

»Ich koch uns was, in Ordnung?«

Er ist ein Schatz, meiiin Schaaaatz.

Ich lächle ihn an, das geht trotz des verschwommenen Blicks, höre das Gurren und drifte weg.

Als ich aufwache, ist die Sonne schon nicht mehr zu sehen. Das heißt, es ist bereits Nachmittag. Es duftet wunderbar nach Bratkartoffeln, trotzdem schaffe ich es nicht, mein schwingendes Ruhebett zu verlassen. Alex tritt auf den Balkon und setzt sich neben mich. Seine blauen Augen mustern mich, dann bekomme ich einen selten süßen, zärtlichen Kuss. Meine Hand fährt ihm durchs Haar, es ist so weich. Wie kann man jemandem durchs Haar streichen, der alles voller Gel oder Haarspray hat? Für mich wäre das ein Partnerausschlusskriterium. Der Kuss wird tiefer. Seine linke Hand hält die Hängematte fest, seine rechte fängt an, mich zu streicheln, wandert frech hierhin und dorthin. Unser Atem wird heftiger. Schließlich stoppt er den Kuss und zieht mich sanft aus der Hängematte. Willenlos folge ich ihm ins Schlafzimmer, was ich nicht bereuen muss.

Alex ist ein wunderbarer Mann, ich sage es ihm nur nie. Traudl und die Kati-Oma meinen, da soll man vorsichtig sein. Wenn den Männern das Lob zu Kopf steigt, denken sie schnell, die ganze Welt der Frauen wartet auf sie. Bei Alex könnte das stimmen. Doch nachdem er mir neulich so nett erklärt hat, was er an mir findet, will ich nicht nochmals davon anfangen. Aber mir ist danach, ihn zu loben. Traudl hin, Kati-Oma her.

Was dann aus meinem Mund kommt, habe ich nicht beabsichtigt. Und trotz meiner angeblich sozialen Ader habe ich es noch nie zuvor einem Menschen gesagt.

»Ich liebe dich, Alex.«

Er hebt den Kopf, und ein glückliches Lächeln erhellt sein attraktives Gesicht.

»Dass ich den Satz mal von dir höre, daran habe ich schon

gezweifelt, Minnie«, flüstert er, und der nächste Kuss toppt alles bisher Dagewesene.

Wir können uns nicht voneinander lösen, und so genießen wir ein weiteres Stündchen, während draußen die Farben wärmer werden. Das Abendrot über der Stadt in der Innschleife zieht herauf.

Als wir bei der Traudl ankommen, verliebt Händchen haltend, hat uns der Krimi-Alltag schnell wieder.

Doch zuerst erzählt Oliver davon, dass Traudl ihm ein Horoskop erstellt hat. Er ist so aufgekratzt, dass ich spüre, dass da mehr ist: Hoffnung und positive Energie. Ja, das kann die Traudl gut, den Leuten Mut machen.

Und er versucht es uns, bis zu den Ohren strahlend, zu erklären. Ich bin erstaunt, wie gut er das schafft. Ich vergesse immer die Hälfte von Traudls Berechnungen und Folgerungen, was den Zusammenhang natürlich ins Unlogische zieht. Oliver hat offensichtlich Interesse daran und zeigt einen auffallenden Lernwillen, was mich noch mehr begeistert als die Analyse.

»Also, Traudl hat errechnet, dass ich durch meinen Widder-Aszendenten impulsiv und manchmal etwas unüberlegt und sprunghaft bin.«

»Aber«, er hebt mahnend den Finger, und ich sehe meine Mutter vor mir, wie sie es ihm erzählt – »Saturn im ersten Haus sorgt dafür, dass mich das Leben immer wieder einbremst.«

Wenn man das auf Olivers Situation überträgt, wäre Saturn in diesem Fall quasi der Mörder vom Tassilo. Das darf ich Traudl so nicht sagen, solche Vergleiche mag sie nicht.

»Ich muss lernen, Verantwortung zu übernehmen. Ich kann es nicht auf meine Eltern schieben, wenn etwas nicht klappt. Denn ich bremse mich oft genug selbst aus.«

Traudl hat ihn und 95 Prozent aller Jugendlichen gut charakterisiert, mit Hilfe der Sterne.

Oliver ist noch nicht fertig: »Auch die Wassermannsonne ist freiheitsliebend und rebellisch, besonders gegen den Vater, das wird durch Uranus verstärkt.«

Nun strahlt er wie die Wassermannsonne, wir kommen zum vermutlich positiven Abschluss: »Ich bin sehr inspiriert, habe gute und immer neue Ideen, muss jedoch lernen, sie umzusetzen. Mein Horoskopherrscher ist der Mars und der steht im 12. Haus. Traudl sagt, das wäre ein Indiz, dass ich aufpassen muss, dass ich mich nicht in kriminelle oder undurchschaubare Sachen reinziehen lasse. Ich bin etwas zu naiv und gutgläubig und merke das zu spät. Aber Jupiter steht dabei und sorgt dafür, dass sich alles zum Guten wendet. Dazu muss ich akzeptieren, dass jetzt die Zeit des Lernens ist.«

Mit stolzgeschwellter Brust, wie es in Romanen so gerne heißt, gelobt er: »Ich werde mich ernsthaft darum kümmern, die wichtigen Dinge abzuschließen, die mit Lernen, Aus- und Weiterbildungen zu tun haben. So werde ich erfolgreich sein, andernfalls bekomme ich am Ende nur Ärger mit dem Gesetz.«

Ich bin platt.

Traudl und die Sterne haben ihn beruhigt. Meine Mutter lächelt. Sie hat ihn kein einziges Mal korrigiert. Dafür gebührt ihm der höchste Respekt einer schlechten Zuhörerin in Analysefragen. Und meiner Mutter gehört der höchste Respekt, dass sie es geschafft hat, Oliver von der Notwendigkeit eines Schulabschlusses zu überzeugen. Und deswegen lobe ich beide.

»Das hört sich völlig logisch an, Oliver. Traudl kennt sich da wirklich großartig aus. Super, dass ihr deinen Weg so exakt bestimmen konntet.«

Meine Mutter und ich lächeln uns an, ein Verschwörerlächeln, das eigentlich keines ist. Denn ihre Berechnungen und Analysen sind kein Trick, sondern studiertes Wissen und vielleicht ein bisschen Glauben. Auf jeden Fall für Oliver genau das Richtige.

Da klingelt mein Handy. Die Nummer kenne ich nicht.

»Minnie Mayrhofer.«

»Frau Mayrhofer, hier ist Torben Wißmann. Mein Sohn hat mir Ihre Nummer genannt. Wissen Sie, wo Oliver ist?«

Ich mache hektisch Zeichen, sodass mich alle irritiert anschauen.

»Herr Wißmann, schön von Ihnen zu hören. Wir hoffen schon seit Tagen auf Ihren Rückruf.«

Ich bin streng, und Oliver würde mir am liebsten das Handy entreißen, aber Traudl, die offensichtlich nicht nur einen guten Draht zu den Sternen hat, hält ihn zurück.

»Lass sie! Minnie weiß, was sie tut.«

Ja, ich weiß, dass ich wissen will, warum – verdammt noch mal – sich die Eltern erst jetzt melden. Wenn es dafür einen einleuchtenden Grund gibt, kann Oliver immer noch den Bittsteller spielen.

»Uns ist etwas dazwischen gekommen. Kann ich Oliver sprechen? Geht es ihm gut?«

Die Stimme von Torben Wißmann – wer heißt denn bitte so? – klingt sympathisch, aber ich lasse mich nicht einlullen.

»Oliver hat sich solche Sorgen um Sie gemacht. Wo waren Sie?«

Der Vater versucht es gar nicht erst mit dem Spruch: »Und was bitte geht Sie das an?« Er versucht, anders an die Information zu kommen. »Ich muss zuerst wissen, ob es ihm gut geht.«

Klar, ich könnte ja eine Entführerin und Erpresserin sein und ihn ausfragen wollen. Ich stelle das Handy auf laut und lege für alle in der Runde einen Zeigefinger auf die Lippen.

Oliver ist kreidebleich und atmet schnell und flach. Traudl legt ihm beruhigend die Hand auf die Schulter, was hilft, während ich dem Vater antworte.

»Jetzt geht es ihm wieder gut. Und ich lasse ihn auch gleich mit Ihnen sprechen. Aber ich möchte wissen, womit er es verdient hat, dass Sie sich nicht melden?«

»Na ja, wir sind im Streit auseinandergegangen. Ich dachte, er muss sich erst mal abkühlen und rausfinden, dass es bei uns nicht so furchtbar für ihn ist. Ich hatte eine Fortbildung in Hamburg und habe meine Frau mitgenommen, die durch Olivers Verschwinden völlig am Ende war.«

Das kann ich nachvollziehen. Kluger Vater. Oliver lässt zu Recht den Kopf sinken.

Leise sagt der kluge Vater, und man hört das schlechte Gewissen deutlich heraus: »Sie hat nur noch geweint. Und unsere Tochter war auch so verstört, dass ich sie aus der Schule genommen habe. Ich konnte die beiden nicht hier allein lassen. Aber Oliver hat doch unsere Handynummern. Warum hat er nicht angerufen?«

»Weil sein Handy futsch ist.«

Der Vater fährt fort, zunehmend fassungsloser.

»Als wir vorgestern zu Hause ankamen, hatte ich die Nachricht eines Arztes auf dem Anrufbeantworter, dass Oliver verletzt im Krankenhaus in Würzburg liegt. Also sind wir wieder ins Auto gestiegen und hingefahren. Seltsamerweise wusste dort keiner von ihm. Es war zu spät zum Heimfahren, deswegen haben wir in Würzburg übernachtet und sind eben angekommen. Und hier steht die Polizei vor der Tür. Wir sind alle völlig am Ende.«

Mitleidig sage ich: »Das tut mir sehr leid, Herr Wißmann,

da haben Sie höllische Tage hinter sich. Aber Oliver auch. Ich gebe Sie mal weiter.«

Ich drücke mein Handy seinem Sohn in die Hand. Aus Oliver bricht verzweifelt hervor: »Es tut mir so leid, Papa, ich hab Mist gebaut.« Dann heult er los wie ein kleines Kind, als der Papa sagt: »Hauptsache, du bist in Ordnung. Alles andere bekommen wir schon hin.«

Wir anderen verziehen uns taktvoll ins Wohnzimmer. Nur Traudl bleibt bei ihm, was mich beruhigt. Ich bin richtig erschöpft von diesen seelischen Nöten, obwohl es nicht meine sind. Auch Alex und Gustl wirken geplättet.

Fünf Minuten später gesellen sich Oliver und Traudl zu uns. Sie erzählt, denn er ringt immer noch mit seiner Fassung.

»Seine Eltern wollten ihn gleich holen. Wir haben es auf morgen gegen elf Uhr verschoben. Erstens sollten sie zusammen bei der Polizei vorbeischauen, damit die Bescheid weiß. Zweites muss sich der Vater erholen. Meiner Ansicht nach ist er fix und fertig. Lange Autofahrten, wenig Schlaf und die Angst um seinen Sohn. Da muss ja nicht noch ein Unfall passieren. Sie wissen, er ist hier in Sicherheit.«

Oliver fügt mit deutlicher Erleichterung in der Stimme hinzu: »Er hat gesagt, wir können das schaffen.«

Sein Vater, der Held. Das klingt doch besser als »sein Vater, der Nörgler«. Ja, da weiß man alles wieder einzuordnen, wenn man mal mit der Nase voraus auf den Boden platscht. Eine leise Stimme fragt mich: »Minnie, weißt du es denn einzuordnen? Oder musst du auch mit der Nase auf den Boden platschen?«

Ich weiß, die Stimme hat nicht unrecht, aber ich will ihr jetzt gerade nicht so gern zuhören. Obwohl ich meine Krimi-Riecher-Nase trotz der Sommersprossen mag.

Oliver beruhigt sich allmählich. Gut so, denn die Situation macht mich ganz wepsert. Seine nächsten Worte bewirken jedoch ein Hochschnellen auf dem Wepsigkeitsthermometer.

»Mir ist noch etwas eingefallen, Minnie. Tassilo hatte den Auftrag, zu einem Angestellten von Kersthoff in Wasserburg Kontakt aufzunehmen, der möglicherweise auf eigene Rechnung arbeitet.«

Das deckt sich nun mit der Aussage von Kersthoff und würde zu den bisherigen Ermittlungen der Polizei passen.

Gustl, Alex und ich schauen uns an, und Alex spricht es zögernd aus: »Geht es doch um Schutzgelderpressung?«

Gustl erwidert nachdenklich: »Egal, worum es geht: Der Komplize hat sich die Maßregelung nicht gefallen lassen. Vielleicht war der Mord an Tassilo ein Warnschuss für Kersthoff.«

Das klingt nur halb logisch, finde ich.

»Warum ist der dann in Wasserburg und sucht Oliver?«

»Vielleicht braucht er ihn als Zeuge, damit er den Komplizen absägen kann? Weil er glaubt, dass Oliver den Mörder gesehen hat.«

Der schaut uns mit großen Augen an.

»Also ist nicht nur der Kersthoff hinter mir her, sondern noch ein anderer Mann? Der wirkliche Mörder?«

»Kersthoff hat auf jeden Fall ein Alibi«, weiche ich aus, aber seine Fragen kann ich nicht verneinen. Ich fürchte, sie treffen haargenau zu. Auch wenn der Kersthoff nicht mehr so viele davon auf dem Kopf hat.

»Was machen wir jetzt? Ruft ihr bei der Polizei an? Gustl, sag was!«

Doch der Gustl ist keiner, den man – nicht mal Traudl – so schnell durch die Gegend jagen kann. Weder körperlich noch kognitiv.

Ruhig kommt sein Vorschlag: »Der Kersthoff muss von den Kollegen beschattet werden. Falls der Angestellte oder Komplize vermutet, dass Oliver ein Zeuge pro Kersthoff ist, weil er ihn als Mörder identifizieren kann, ist er ebenfalls hinter Oliver her. Das sehe ich genauso wie unser junger Spezi. Ich bin mir relativ sicher, dass es sich bei ihm nicht um Kersthoffs Begleiter von gestern Abend handelt, sondern dass der Mann vor Ort eine dritte Person ist.«

»Das muss nicht sein. Es könnte ein und derselbe sein, oder?«, hakt Alex nach.

Auch mir erschließt sich hier keine Begründung. Doch Gustl liefert sie mit klarer ganz persönlicher Logik.

»Erstens spricht dagegen, dass ich Kersthoffs Begleiter noch nie gesehen habe. Wenn der Mörder ein Wasserburger ist, dann kenne ich ihn.«

Eine kurze Pause folgt, und ich weiß genau, was jetzt kommt: »Außerdem spüre ich es in meinem kleinen Polizistenfinger.«

Das ist der kleinste der bayerischen Wurschtlfinger, aber an Gustls Hand der wichtigste. Also keine Einwände an dieser Stelle von uns.

»Wie sollen wir ...« – ich werfe einen Blick auf Alex' grimmiges Gesicht und korrigiere mich – »wie soll die Polizei das herausfinden, Gustl?«

»Wir müssen dem Kersthoff und dem Mörder eine Falle stellen, mit einem Köder.«

»Das ist zu gefährlich für Oliver!«, lehnt Traudl das Naheliegende energisch ab. Gustl stimmt ihr erstaunlicherweise zu. Normalerweise ist er nicht so zimperlich, sondern eher kämpferisch.

»Ja, außerdem ist er morgen schon weg, wenn es brenzlig wird«, pflichte ich ihr bei.

Oliver ist für so was nicht geeignet. Der Junge ist durch

den Wind und braucht Windstille, sprich Ruhe und Frieden.

Gustl steht auf und dehnt sich ein bisserl, was das Hemd über dem zarten Bierbauch spannt. Auch wenn mich interessiert, wann der erste Knopf aufgibt, versuche ich mich auf seine Worte zu konzentrieren.

»Ja, das ist gut so. Ich red mal mit den Kollegen. Vielleicht können wir übers Internet einen Kontakt herstellen. Über dieses Portal eine Nachricht hinterlassen, dass Oliver Bescheid weiß und Schweigegeld möchte.«

Oliver zuckt heftig zusammen, und Gustl winkt ab.

»Du nicht. Du fährst morgen mit deinen Eltern weg. Muss ja nicht gleich nach Hause gehen, oder? Ein paar Tage irgendwohin, bis der Fall erledigt ist?«

Oliver nickt wie ein Wackeldackel in einem Rentneropel auf der Hutablage neben dem Hut. Ach nein, Opel- und Mercedesfahrer in dem Alter, in dem man Wackeldackel besitzt, haben den Hut ja immer auf.

»Wir finden jemanden, der sich als Oliver ausgibt. Kommst du bitte morgen gegen Mittag mit deinen Eltern zur Inspektion, bevor ihr fahrt?«, fragt er den Jungen, der ernst verspricht: »Ja, das machen wir. Und vielen Dank.«

Wir begleiten Gustl hinaus und verabreden uns rechtzeitig zum Verabschieden bei der Traudl.

»Ich hab den Plumps gehört«, neckt mich Alex, und ich schaue ihn fragend an.

»Den von dem Stein, der von deinem Herzen geplumpst ist, als der Vater seine Abwesenheit gut erklärt hat. Sodass du Oliver guten Gewissens seinen Eltern zurückgeben kannst, du Glucke.«

Ich muss lachen. »Ja, da bin ich echt froh. Stell dir vor, wenn ...«

Doch Alex schneidet mir gekonnt das Wort ab und küsst mich.

»Nein, ich stell mir lieber was anderes vor. Aber zuerst treffen wir uns mit Toni und Basti vor dem Roten Turm zum Essen. Schluss jetzt mit dem Verbrechenszeugs!«

Und seltsamerweise bin ich sehr froh, dass er mich zu dieser Unterbrechung zwingt. Mord ist vielleicht doch nicht so mein Ding, wie ich immer dachte.

In der Nacht sind alle Hunde schwarz

Am nächsten Tag schlafen wir aus. Das tut gut. Beim Frühstück in der Sonne auf Alex' Dachterrasse – ich sehe einen Schatten hinter dem Vorhang gegenüber – sandeln wir ein bisserl.

Gemütlich spazieren wir den großen Bogen um die Stadt am Inn entlang, um dann endlich bei der Traudl aufzuschlagen. Deren Wohnung ist voller Menschen: Olivers Familie ist angekommen.

Oliver stellt uns freudestrahlend vor: »Meine Retterin Minnie, die Tochter von Traudl, die mich auf den endgültig richtigen Weg gebracht hat. Und Alex, ihr Freund.«

Die zierliche Mutter schließt mich in die Arme. Ihre Augen sind knallrot, vermutlich weint sie immer noch gelegentlich. Ich streichle ihr über den Rücken, ein wenig unbeholfen, und sage: »Es ist alles in Ordnung. Oliver ist ein feiner Kerl.«

Da fängt sie wieder an zu weinen, und ihr Mann – ein Hüne im Zweireiher – befreit mich, indem er sie in den Arm nimmt. Er schüttelt mir lange und kräftig die Hand und bedankt sich unablässig. Nachdem mein Arm taub geworden ist, jedoch kurz, bevor er abfällt, hört er endlich auf.

»Minnie, das ist wirklich bewundernswert, dass Sie so positiv auf Menschen zugehen. Obwohl Sie sich ja damit auch in Gefahr hätten bringen können«, er wirft einen mahnenden Blick auf die etwa zwölfjährige Tochter, die mit offenem Mund von einem zum anderen schaut. »Aber Oliver haben Sie dadurch vermutlich gerettet.«

Ich wiegle etwas ab und versuche mich mit einer Traudl-Formulierung. »Oliver besitzt eine lebensfrohe Ausstrahlung durch den Jupiter, das habe ich gespürt und darauf vertraut.«

Ich merke, wie Alex neben mir zusammenzuckt. Immerhin unterdrückt er das Lachen, sonst wäre meine Beherrschung futsch. Schnell rette ich mich auf »normales« Terrain: »Er wusste ja, dass er einen Fehler gemacht hat. Das Problem war schon eher ein logistisches, weil das Handy weg war. Ansonsten hat er sich vorbildlich geführt.« Ich zwinkere Oliver zu, der mich breit angrinst.

Nach ein paar süßen Teilchen, die Traudl frühmorgens gebacken hat, und einigen Tassen Tee und Kaffee geht es ans Verabschieden.

Wir versprechen, einander auf dem Laufenden zu halten. Die Wißmanns planen, ein paar Tage in den Bergen zu verbringen. Den Ort erfährt nur die Polizei. Ich hoffe, nicht Gerhard, denn dann könnten wir es gleich an den Gemeindetafeln rundum anschlagen.

Die Traudl staubt uns auch bald aus dem Haus, sie hat einen Termin. Wir stehen draußen vor der Tür und überlegen, was wir mit dem angebrochenen Sonntag anfangen.

»Wie weit bist du mit deinem Hund, Minnie?«, fragt mein Schatz, und ich überlege.

»Ja, an dem müsste ich spätestens morgen wieder

arbeiten. Aber heute mag ich ned. Lass uns baden fahren.«

Wir beschließen, ein Fitnessprogramm daraus zu machen, und sind kurz darauf mit den Rädern unterwegs Richtung Süden, zu den Badeseen bei Rott am Inn, die wir eine Stunde später erreichen.

Am Waldsee legen wir uns auf die Wiese in die Sonne, schwimmen in dem kleinen, schönen Gewässer. Zwischen See und Inn verläuft der Hammerbach, ein eiskalter Bach, der hier eine zackige Strömung hat. Wir springen rein, klettern bei der nächsten Gelegenheit wieder raus und laufen zurück zu unseren Fahrrädern. Nun sind wir erfrischt für den Rückweg.

Im Juli ist es nirgendwo in Bayern ruhig, also heißt es Obacht!, denn außer uns sind jede Menge anderer Tretfreaks unterwegs.

Als wir an der alten Bahnstrecke entlang schließlich durch den Tunnel an der Schanze Wasserburg erreichen, freue ich mich auf ein Abendessen und die Couch. Aber da macht mir der Gustl einen Strich durch die Rechnung. Gerade als ich mein Rad in den Innenhof schiebe und absperre, ruft er an. Neben dem kleinen Polizistenfinger hat er ja auch noch das entsprechende Riechorgan, das ihm sagt, dass ich wieder da bin.

»Wir müssen reden. Wo seid ihr?«

»Äh, grad heimgekommen. Was gibt's denn?«

Ich bin so müde, das hat doch sicher Zeit.

»Wir müssen planen. Wir treffen uns bei mir, in einer halben Stunde.«

»Gustl, ich hab Hunger und bin müde«, jammere ich, und Alex schaut mich erstaunt an.

Irgendwie waren die vergangenen Tage ein bisserl arg kraftraubend. Der Rolof-Tido – kann es sein, dass ich es richtig ausgesprochen habe? – die Sache mit Oliver, das

Bedienen am Weinfest, der Mama-Tochter-Zwist.

»Schmarrn, du bist nie müde, Minnie. Der Basti und die Toni sind schon da. Es gibt Wurstsalat.«

Alex merkt auf und fragt gierig in mein Handy: »Nur Wurst und Zwiebeln? Echt bayerisch?«

Ich reiße ihm ärgerlich mein Telefon weg. In meinem Wurstsalat ist nur wenig Wurst, dafür viel Salat. Alex hat Gustls echtes Verständnis.

»Ja, ein echter halt, ned der im Grün ersoffene von der Minnie«, lautet die freche Antwort.

»Wir kommen«, entscheidet mein Freund und zieht mich hinter sich her. Oje, das wird ein langer Abend. Und die kurze Couch vom Gustl hat so altmodische Armlehnen aus Holz. Da ist nix mit ausklinken und einer Runde schlafen.

Das Bier zum Wurstsalat hilft auch nicht gegen die Müdigkeit. Gustls Informationen dagegen schon. Ich spüre, wie meine Lebensgeister wieder das Herumpfludern anfangen, als er sagt: »Ich habe eine Strategie entwickelt. Dazu brauchen wir den Kersthoff.«

Wir schauen ihn gespannt an, die Jungs und Toni schaufeln nebenbei Zwiebelringe und Lyonerscheiben in sich hinein. Ich schiebe die Zwiebeln ein bisserl auf die Seite, die vertrag ich nicht so gut. Aber ein paar müssen sein, sonst halte ich den Mundgeruch der anderen nachher nicht aus.

»Wir stellen dem Mörder eine Falle mit einem falschen Oliver. Den liefert die Polizei, die im Hintergrund lauert.«

»Du könntest einen Roman schreiben, Gustl«, grinse ich. »Sehr dramatisch.«

Gustl beachtet mich und Tonis Kichern nicht.

»Der Kersthoff ist noch in der Stadt und sucht nach Oliver. Wenn wir ihn entdecken, müssen wir ihm falsche Informationen unterjubeln.«

»Und wenn wir ihn nicht finden?«, fragt Basti schmatzend, den Mund voller Brezn.

Gustl schaut ihn an, als wäre er von einem anderen Stern.

»Nicht finden? Wie meinst du das? Wir sind in Wasserburg. Da kann er doch gar ned aus.«

Auch wieder wahr. Da muss man sich schon dumm stellen, um sich zu verfehlen. In der gleichen Richtung im gleichen Tempo ums Rathaus laufen beispielsweise.

Für Gustl hat sich das Problem erledigt, weiter geht es mit seiner Strategie.

»Dann schauen wir, dass er die Info mitbekommt, dass Oliver abends in der Stadt ist. Da kommt er hin.«

»Wohin, Gustl?«, fragt Basti diesmal völlig logisch.

»Wir dachten an die Stadtmauer beim Friedhofseingang. Da können sich die Kollegen im Friedhof verstecken und schnell eingreifen.«

»Womit rechnest du? Was glaubst du, was passiert, Gustl?«, erkundigt sich Alex ruhig, doch ich weiß, er ist beunruhigt.

»Dass der Mörder das irgendwie spitzkriegt. Er hat bisher alles so rechtzeitig mitbekommen. Der Cyber-Profi unserer Dienststelle lässt im Netz Andeutungen fallen, damit entweder Kersthoff, wahrscheinlich aber der Wasserburger Komplize reagiert.«

»Du hoffst auf einen Streit zwischen Kersthoff und dem Komplizen, bei dem rauskommt, wer der Mörder ist?«

Das klingt realistisch, so wie Kersthoff drauf ist. Trotzdem ist es für einen eine ungute Sache.

»Euer Oliver-Double könnte gefährlich leben«, mache ich meinen Spezi aufmerksam. Er nickt, winkt jedoch mit einer lässigen Handbewegung ab. »Der taucht nur kurz auf und dann gleich ab.«

»Hoffentlich liegt keiner im Hinterhalt. Immerhin gibt es

bei dem Fall ja schon eine Hinrichtung mit Kopfschuss«, meint Alex.

Ausnahmsweise teile ich Alex' düstere Einstellung, aber ich sage nichts. Das ist Sache der Polizei, das Risiko einzuschätzen und zu minimieren.

Entgegen Gustls optimistischer Überzeugung zur Größe Wasserburgs findet sich in den nächsten Tagen keine Spur von Kersthoff. Nur abends erscheint er brav beim Huberwirt zur Übernachtung.

Am Mittwoch nehme ich den Töpferhund nochmals unter die Lupe. Toni leistet mir Gesellschaft, sie hat früher frei, muss Überstunden abbauen. Im Hintergrund laufen 80er-Jahre-Songs, und Tonis Füße unterstützen *Dexys Midnight Runners* bei »Some girls«. Ich würde jetzt auch gerne tanzen, das geht wunderbar im Atelier, doch erst muss ich sicher sein, dass jede Einzelheit am nun glänzenden Werk perfekt ist.

Ich hätte ruhig tanzen können, denn ich werde sowieso unterbrochen, als Gustl anruft: »Ich bin draußen vor der Bohnenrösterei. Kersthoff ist eben reingegangen. Er hat mich nicht bemerkt, weil ich hinter der Säule sitze. Ich habe ihn gesehen, als er über die Straße ging. Ich brauch euch hier.«

Ich schreibe mir auf, was ich noch prüfen muss, so viel Zeit muss sein, sonst fange ich wieder von vorne an. Dann sausen Toni und ich aus dem Atelier.

Mist, Franz ist nicht da, also sperre ich den Laden ebenfalls ab.

Wir machen uns eilig auf den kurzen Weg. So ein Mords-Trara um den Kersthoff. Aber so ist es wohl, wenn man einen Mörder dingfest machen will.

Gustl ist tatsächlich nicht zu entdecken, ich kenne jedoch

seinen Lieblingsplatz: Der Stuhl, der am meisten Rundumsicht verspricht. Wir schleichen uns von der Straße aus zu ihm an. Er wispert: »Kersthoff hat sich gerade ans Fenster gesetzt. Wenn ihr von der anderen Seite kommt, könnt ihr so tun, als hättet ihr ihn nicht gesehen.«

Mit einer reizenden herrischen Handbewegung scheucht er uns weiter, und wir leisten brav Folge.

Es kostet Überwindung, mich nicht umzusehen. Toni und ich stellen uns ratschend in der Schlange an und debattieren über die Kaffeewahl. Da kann man sich hier lang darüber unterhalten.

Cappu oder Latte, groß oder klein – mit Vanille oder Karamell? Und dazu lieber eine Brezn, einen Bagel oder einen Muffin mit Blaubeeren?

Aus dem Augenwinkel sehe ich, dass sich Kersthoff hinter einer Zeitung versteckt. Auf der Titelseite des OVB prangt wieder eines meiner Lieblingsfotomotive: der dämlichste und gefährlichste US-Präsident aller Zeiten mit der ihm zugehörigen Schnute und Handbewegung. Die Schlagzeile lese ich später vermutlich besser auf Twitter – sollte Kersthoff zufällig die Zeitung sinken lassen, ist unser Plan geplatzt. Aber es ist ein deutliches Zeichen, dass er uns bemerkt hat und selbst nicht bemerkt werden will.

Wir geben unsere Bestellung auf: Ganz einfach Cappu und Brezn mal zwei, weil wir uns jetzt auf Wichtigeres konzentrieren müssen.

Ich beginne das Minischauspiel und flüstere auffällig: »Du Toni, übrigens kommt Oliver heute Nacht noch nach Wasserburg. Wir treffen uns um zehn Uhr an der Stadtmauer am Friedhof. Er wollte sich verabschieden.«

»Warum nachts und ausgerechnet dort? Das ist ja gruselig! Wo schläft er denn?«

»Das wollte er mir nicht sagen. Ich glaube, um mich nicht in Gefahr zu bringen. Aber an der Mauer ist es nachts eben sehr ruhig. Und morgen macht er auf der Polizei seine Aussage.«

»Er ist um einiges vernünftiger geworden, nicht wahr?«

»Ja, auf jeden Fall. Und er hat kapiert, dass man Verbrechern das Handwerk legen muss. Ich bin echt froh, dass er das durchzieht.«

»Na ja, immerhin war es sein Freund und Kollege, der umgebracht wurde. Da fühlt er sich vermutlich verpflichtet.«

»Ja, das denke ich auch. Dem Chef schuldet er ja nichts, der hat ihn reingeritten in den ganzen Unsinn. Solchen Menschen sind andere ja egal.«

Ich spüre bei meinen Worten eine flüchtige Bewegung hinter mir. Bekomme ich dafür jetzt ein Messer in den Rücken? Aber Toni würde es bemerken und mich sicher retten. Sie steht seitlich mit Blick auf ihn, und Kersthoff weiß ja nicht, dass sie weiß, wie er aussieht und wer er ist. Doch der Kerl hat das Café verlassen. Ist ihm das schlechte Gewissen sauer aufgestoßen?

Nein, natürlich nicht. Toni berichtet: »Er telefoniert neben Gustls Säule.«

»Na hoffentlich sperrt der die Ohren auf.«

Und wie der seine Lauscher bemüht hat. Als wir uns mit Kaffee und Brezn zu ihm setzen – wir haben Kersthoffs Verschwinden abgewartet – erzählt er uns, dass der Plan wohl funktioniert.

»Er hat jemandem Bescheid gegeben, dass sie sich dort kurz vor zehn Uhr treffen. Das bedeutet, die Kollegen stoßen erst dazu, sobald sich die beiden platziert haben. Also gleichzeitig mit dem Pseudo-Oliver der Polizei.«

»Was glaubst du, mit wem er telefoniert hat?«, frage ich

neugierig, Gustl zögert.

»Hm, das ist ein bisserl seltsam. Das war einer, zu dem er offensichtlich ein gutes Verhältnis hat.«

»Das heißt, ihr müsst tatsächlich mit einem dritten Mann rechnen, falls weder Kersthoff noch sein Kumpel der Mörder ist.«

Gustl nickt nachdenklich. Ich versuche, nicht nervös zu werden. Sie werden es schon machen. Bei aller Neugier, die mir sicher zu eigen ist, habe ich kein Verlangen nach einer Nacht an der Friedhofsmauer. Aber so was von überhaupt nicht.

Ich beeile mich, zum Rolof-Frodo zurückzukommen, bevor der Lack trocken ist. Mist, ich muss den Namen endlich richtig beherrschen. Das wird schwierig vor lauter Nichternstnehmen und Blödelei. Und dann sollte ich auch einmal die Geschichte üben, die mir Frau Wegner geschickt hat. Denn mit ein paar Worten ist es natürlich nicht getan. Auf zwei Bögen roséfarbenem Briefpapier mit goldenen Initialen hat sie mir das Hundeleben zukommen lassen. Wo ihr Süßer geboren wurde, aus wie vielen Geschwistern der Wurf bestand und was aus denen geworden ist. Ein kurzer Abriss der Elterncharaktere, anschließend das Training für die Wettbewerbe und warum ihr der Hundecoiffeur, der ebenfalls eingeladen ist, so am Herzen liegt. Und als Krönung – trara! – die Erfolgsgeschichte des Hunde-Ordens.

Ich nutze das Publikum, denn eben ist Basti gekommen, der Toni abholen will. Aber sie erschweren meinen Vortrag durch brüllendes Gelächter und gemeine Zwischenfragen. Schließlich werfe ich sie raus. Vermutlich zu spät, weil ich am Freitag sicher ständig daran denken muss. Als wäre es nicht schon schwierig genug, mir den Namen zu merken. Vielleicht schreibe ich ihn zur Sicherheit in fettem Marker auf das künstlerische Papier – soll sie mich doch verklagen.

Endlich lege ich die Blätter in einer Klarsichtfolie auf den Schreibtisch, bereit für Freitag.

Prüfend gehe ich um die Skulptur herum und bin einigermaßen zufrieden. Mehr geht nicht, dafür bin ich zu selbstkritisch. Und ich will ja, dass Frau Wegner Freude an dem Ergebnis hat.

Morgen früh werde ich mein Werk in der Morgensonne nochmal ganz genau auf kleine Fehler untersuchen, es anschließend verpacken und ausliefern. Enthüllt wird es erst am Freitag – zu Beginn meiner Rede.

Alex ruft an und sagt mir für das Abendessen ab.

»Tut mir leid, ich habe ein Geschäftsessen, Schatz.«

»Den Satz mag ich nicht, das behaupten immer die betrügerischen Ehemänner in den Filmen«, mosere ich leise, und er lacht.

»Was soll ich sonst sagen? Ich gehe ins Fitnessstudio? Dann prüfst du wieder, ob meine Muskeln gewachsen sind.«

Ich kichere. »Stimmt, du hast es schon schwer mit mir. Ich muss noch ein bisschen hier aufräumen. Soll ich heute in meiner Wohnung bleiben?«

»Nein, mir ist lieber, du bist nachts nicht allein, solange der Fall nicht geklärt ist. Ich hole dich im Atelier gegen neun Uhr ab. Dann kannst du anhand meiner Muskeln fühlen, wo ich war.«

»Oder deinen Hemdkragen nach Lippenstift absuchen?«, schlage ich vor, und er seufzt.

»Seit wann bist du eigentlich eifersüchtig?«

»Bin ich gar nicht«, wehre ich ab, doch kommt mir der Gedanke, dass ich meine Sätze nur zum Teil nicht ernst gemeint habe. Alex geht nicht mehr darauf ein.

»Ist der Franz noch da?«

»Du meinst, damit er auf mich aufpasst oder ich auf ihn? Er ist da.«

»Sperr bitte trotzdem ab. Ich rufe an, wenn ich vor der Tür stehe.«

Ich finde ja, er übertreibt, mache mich aber auf den Weg. Im Vorbeigehen informiere ich Franz, dass ich zusperre, was er mit einem Grunzen akzeptiert. Ich wandere wieder an ihm vorüber, als er sich plötzlich aufrichtet und mich anglotzt.

»Was?«, frage ich erstaunt, doch es dauert einen unbehaglichen Moment, bis ich eine Antwort bekomme.

»Ach nichts, hab nur überlegt, ob ich uns was zu essen holen soll.«

Diese Antwort ist seltsam, vor allem für Franz, denn das hat er bisher noch nie angeboten. Mir ist jedoch nicht mehr nach Wundern und Fragerei. Ich lehne höflich ab und beginne mit dem Aufräumen. Nach einer Stunde befindet sich nur noch der Hund in der Mitte des Ateliers auf dem sauber gekehrten Boden. In einem Karton wartet das Verpackungsmaterial auf morgen.

Alles andere – Farben, Lacke, gereinigte Pinsel, Vorlagen, Materialreste am Boden – ist in den Regalen oder im Müll untergebracht.

Ein Blick aufs Handy zeigt mir, dass ich noch über eine Stunde Zeit habe, bis Alex kommt. Hunger hätte ich ja, aber ich will nicht auf Franz' Angebot zurückkommen. Ein paar Choco Cookies liegen in einem Regal, alternativ habe ich Reiswaffeln mit Rosmarin vorrätig. Nachdem ich heute bereits eine salzige Breze hatte, fällt die Wahl auf die süßen Schokokekse. Meine Energie nimmt allmählich ab, ich scrolle mich gelangweilt durch Instagram und Co.

Ich liebe die spektakulären Naturbilder, die manche Organisationen dort posten. »Angels Landing« ist eine

Steinbrücke in einem amerikanischen Nationalpark, die es mir schon als Handlungsort in einem meiner Fantasyromane angetan hat. Jetzt finde ich ein Bild, das von der anderen Seite des Bogens fotografiert wurde und mir die Haare zu Berge stehen lässt. Welche Wahnsinnigen sind so mutig, da hinüberzuspazieren?

Über den absoluten Gegensatz dazu schüttele ich den Kopf. In einer Fotoreihe posieren Personen in unterschiedlichen Kleidchen auf einer Hängebrücke in Österreich. Diese ist zwar ein wenig mühselig zu erreichen, befindet sich jedoch nur zwei Meter über dem Boden. Dahinter beginnt ein tiefes Tal, und richtig aufgenommen und ausgeschnitten, hat man den Eindruck, die Wanderer trauen sich über einen Abgrund von mehreren hundert Metern. Was man alles an Täuschung auf sich nimmt, um gut dazustehen.

Freilich zeige auch ich Bilder von Ausflügen oder traumhafter Natur, aber ich verweigere die Ortsangaben. Schließlich will ich ja beim nächsten Besuch dort einen einsamen, freien Platz finden, anstatt niedergetrampelte Wiesen, Autoschlangen am Fluss und aufgebrezelte Menschen mit Selfiestick.

Im Laden klappert Franz herum, fährt offenbar seinen Rechner herunter und packt zusammen.

Plötzlich taucht er im Durchgang auf.

»Ich gehe jetzt, Minnie. Wie lange bist du noch da?«

»Alex holt mich in ... einer halben Stunde.«

»Ich kann dich zu ihm bringen, ist nur ein kleiner Umweg.«

Ich überlege kurz, lehne jedoch ab.

»Vielen Dank, aber er schaut bei seinen Besprechungen oft nicht aufs Handy. Dann steht er hier vor der Tür, und ich bin nicht da.«

Franz nickt, lehnt aber nach wie vor im Türrahmen.

Ich frage mich, was er will. Das muss man ihm normalerweise nicht aus der Nase ziehen. Eine seltsame Situation. Vermutlich kommt es mir so vor, weil ich müde bin.

»Gibt es was Neues wegen Oliver? Weil ich ihn nicht mehr sehe. Ist er abgereist?«, fragt er mich schließlich und wirkt einerseits lässig. Andererseits ist da eine Konzentration an ihm, eine Intensität, wie er mich durch ausnahmsweise geputzte Brillengläser anschaut, die ich an ihm nicht kenne. Franz, der Faulpelz, der Drückeberger und Schnorrer. Was ist eigentlich los?

»Das Thema Oliver hat sich erledigt, seine Eltern haben ihn abgeholt. Das andere regelt die Polizei.«

»Die haben ihn einfach gehen lassen? Er ist immerhin ein Betrüger.« Franz ist eindeutig angefressen.

»Ich bin mir sicher, dass er eine Anzeige bekommt. Da muss er durch, da hast du recht.«

»Und hat er der Polizei noch was gesagt zum Mord an dem anderen Betrüger?« Die Stimme klingt hasserfüllt.

»Warum fragst du, Franz? Der Haustürbetrug hat dich doch bisher nicht interessiert?« Ich bin neugierig, und meine Krimi-Minnie-Nase zuckt. Im nächsten Moment weiß ich auch weshalb.

Ich wusste nicht, dass sich Franz, der faule Hund, schnell bewegen kann. Er kann – und wie!

Innerhalb einer Sekunde steht er neben mir und packt mich am Unterarm. Fest! So fest, dass es mir wehtut.

»Au! Franz, was soll das? Lass mich los!«

Die braunen Augen wirken dunkler, starren mich zornig an.

»Warum lügst du mich an, Minnie? Dazu gibt es keinen Grund.«

Er drückt noch etwas mehr zu, und ich keuche vor Schmerz auf.

»Was meinst du damit? Franz, lass mich sofort los!«

Er ignoriert mich, deshalb drehe ich mich, wie ich es im Selbstverteidigungskurs gelernt habe. Dadurch komme ich mit meinem anderen Ellbogen in eine gute Position und stoße ihn mit diesem in den Magen. Er jault kurz auf, doch seinen Griff lockert er nicht. Völlig unvermittelt stößt er mich weg, und ich falle auf den harten Boden. Meine Schulter brennt ebenso wie die Hüfte, auf der ich gelandet bin.

»Franz, spinnst du jetzt komplett?«

Wir blicken beide im gleichen Augenblick zu meinem Handy auf dem Tisch, aber erneut ist er schneller. Er wirft es in die Schublade meines Zeichentisches. Dann zieht er sich meinen Holzstuhl daneben und setzt sich gemütlich hin.

Ich erkenne ihn nicht wieder. Also außer an der Brille und der Strubbelfrisur, die noch wirrer aussieht als gewöhnlich. Ich fasse es nicht. Kann es sein, dass Franz in die Sache verwickelt ist? Nein, unmöglich! Ich kenne ihn doch schon einige Zeit.

Vorsichtshalber warte ich ab. Was soll ich sonst tun? Ich weiß nicht, was er will. Kann nicht telefonieren, und zur Tür lässt er mich aller Wahrscheinlichkeit nach auch nicht. Wenn mir mal einer gesagt hätte, dass ich glaube, nicht so schnell zu sein wie der Franz: Das Gelächter hätte man bis Reitmehring gehört.

»Also Minnie: Noch mal von vorn!«

Den Satz kenne ich aus Thrillern – darauf folgt im Allgemeinen die Folter.

»Was hat Oliver der Polizei erzählt?«

»Das weiß ich nicht, Franz.«

»Dann frag ihn nachher, wenn du ihn triffst«, seine seidenweiche Stimme täuscht mich, lässt mich überlegen, was nicht passt. Ich treffe Oliver doch gar nicht. Das habe ich nur erzählt ...

Im Café! Er war in der Bohnenrösterei!

Na gut, in dem Fall erzähle ich ihm irgendwie das Gleiche wie Kersthoff, falls er es hören und hingehen will. Aber erst muss ich es sicher wissen: »Du warst im Café?«

Er grinst, und ich denke mir: Natürlich, Minnie, wo wäre er denn sonst, wenn er nicht am Rechner sitzt?

»Okay«, lenke ich gespielt zögernd ein. »Er macht morgen seine Aussage, ich soll es nicht weitererzählen.«

»Mir darfst du es ruhig sagen, Minnie.«

Er rutscht mit dem Stuhl näher, und ich setze mich auf. »Ich habe ein ungutes Gefühl« wäre aktuell eine völlig untertriebene Formulierung. Es läuft eher darauf hinaus: »Der Typ, von dem ich dachte, ich kenne ihn, und er ist eine Lusche, jagt mir eine Scheißangst ein.«

Kann Alex heute nicht mal etwas früher kommen? Ein bisschen? Eine Viertelstunde? Franz macht mir auch hier einen Strich durch die hoffnungsvolle Rechnung.

»Weißt du was? Ich begleite dich nachher, nicht Alex, der mag es ja nicht, wenn du kriminellen Umgang hast.«

Das Lachen, das folgt, klingt mehr nach einem Wiehern.

»Und damit wir die Ersten sind, vor Oliver und dem Kersthoff, gehen wir jetzt schon.«

»Aber Alex steht um neun vor der Tür und macht sich Sorgen ...«, versuche ich es auf die Mädchentour. Franz erhebt sich. Mit einem ekelhaft unsympathischen Grinsen stellt er seinen Fuß auf meinen Knöchel. Immer stärker verlagert er das Gewicht. Das tut so weh, dass mir die Tränen in die Augen steigen. Ich dachte, er ist ein Freund. Wie kann er mir das antun?

Ich trete mit dem freien Fuß nach ihm, woraufhin er mit einem bösen Lachen zur Seite springt. Und dann wird mir ganz anders, denn das, was er aus seiner Jackentasche zieht, ist eine echte Pistole. Da bin ich mir sicher, weil ich Gustls Waffe und die Softgun-Pistole von Tom sowie die Unterschiede kenne.

»Jetzt reden wir mal wie Erwachsene, kleine Minnie. Ich weiß, dass du eine gute und ehrliche Haut bist. Und ich gehe davon aus, dass du da nicht mit drinsteckst.«

Häh? Ich bin wirklich im falschen Film – wo ist der Kino-Ausgang?

»Nein, aber wo stecke ich nicht mit drin? Franz, worum geht es eigentlich, und was hat das mit dir zu tun? Du bist Hausmeister und Fachverkäufer für Tierprodukte.«

Er seufzt theatralisch, das Lächeln auf seinem Gesicht wirkt dagegen echt.

»Ja, leider bin ich in beiden Jobs nicht so begabt, wie du weißt. Es liegt an der Langeweile. Ich bin eindeutig überqualifiziert.«

Ich warte, ohne zu lachen, denn trotz der Widersinnigkeit hat dieser Hochbegabte zumindest ein hohes Gewaltpotenzial. Endlich lässt der Druck auf den Knöchel nach. Verdammt, es muss doch leicht schon neun Uhr sein.

Das Genie spricht weiter: »Irgendwann bin ich in mich gegangen und habe mich gefragt, warum ich das nicht ändere.«

Franz, der Selbstfindungsguru – auch da hat er mich getäuscht.

»Ich bin gut, wenn mich was interessiert, sehr gut. Das hat der Kersthoff gemerkt, als ich mal einen Job für ihn erledigt habe. Und dann hatte ich die zündende Idee. Da hast du mich drauf gebracht, Minnie, mit deinen E-Books.«

Er lacht, als er mein verdutztes Gesicht sieht und beugt sich zu mir herunter: »Schwarzmarkt, Minnie. Datenklau im Internet. Erst neulich habe ich dein neuestes Buch auf meinem Portal hochgeladen. Es dreht sich dabei nicht einzig ums Geld. Die Leute wollen einfach ein bisserl was Verbotenes machen, das können sie mit dem Dateiklau.«

Jetzt überwiegt die Wut. Ich setze mich auf, weiter traue ich mich nicht, weil die Waffe wieder direkt in meine Richtung zeigt. Das kann doch nicht wahr sein! Dieser Dreckskerl!

»Du Lump, das ist meine Arbeit und mein Verdienst dafür, der mir durch die Lappen geht. Schreib halt selbst ein Buch!«

»Minnie, das kannst du viel besser als ich. Ich bin stattdessen gut im Netz. Ach, was sage ich: Ich bin super! Und so verdiene ich auch!«

Mittlerweile schreie ich, dass die Wände wackeln. Na ja, das würden sie, wenn dies ein Holzhaus wäre. Die altehrwürdigen, vermutlich meterdicken Mauern stört mein Zornausbruch nicht.

»Du weißt genau, dass ich das Geld brauche, Franz. Wie kannst du mir das antun? Und ich mache ständig für dich den Deppen und passe kostenlos auf deinen Laden auf!«

»Schafe sind dazu da, geschoren zu werden, heißt es!«

Sein Grinsen wird immer ekliger.

Bevor ich ihm weiter verdeutlichen kann, wie sehr ich ihn gerade mag, hebt er die Waffe ein Stück höher.

Würde er mir etwas zuleide tun? Normalerweise hätte ich gesagt: nie im Leben. Nicht der fade Franz. Doch der Mann hier ist ein anderer. Ich muss mich sammeln, denn ich komme kaum lebend aus der Nummer raus, wenn ich mich auf ihn stürze und erschossen werde. Aber in mir brodelt es wie nie zuvor. Nicht einmal Traudl hat mich je so wütend gemacht.

»Was hat das mit Kersthoff und Oliver zu tun?«

Er spielt mit der Waffe herum wie ein Psychopath. Dreht

und streichelt sie, nimmt die Sicherung raus und schiebt sie wieder rein. Hin und her. Das soll man nie machen, hat Gustl mir erzählt. Bei einem Schießtraining, das er mir zum Geburtstag geschenkt hat, der Scherzkeks.

»Ich habe eine ganze Zeit lang Ähnliches für den Trottel gemacht, neben dem Vermitteln von ein paar Waffendeals. Und vor ein paar Tagen kommt der kleine Haustürbetrüger – der Tote, nicht Oliver, der von nichts eine Ahnung hat, – und droht mir. Er behauptet, dass Kersthoff mich absägen will und er meinen Job übernehmen soll. Dazu war der viel zu blöd. Er will ein neues Portal eröffnen, weil das alte zu oft abgemahnt wurde. Ich sage ja ›Trottel‹. Ich mache das ständig, wenn es eng wird: abmelden, neues Portal starten, bewerben bei den Leuten, von denen ich mir die Mail-Adressen geholt habe – kein Ding. Der Idiot schafft es ja nicht mal, dass sein Handy nicht gehackt wird. Aber ich will wissen, wie er darauf kommt, dass er mich ersetzen kann. Ich spiele also bei seinem Besuch den ängstlichen Untergebenen, biete ihm ein bisserl Wodka an. Und dann erzählt er was Spannendes.«

Franz macht eine gewichtige Pause. Ich schätze, ich muss nachfragen, sonst ist er wieder sauer.

»Was denn?«

»Der Tassilo hat ein Telefonat mitgehört, als er auf die Ausweise für die Betrugstour gewartet hat. Es ging um den Mord an diesem Paolo wegen Schutzgeld.«

Wow, das ist heftig. Kersthoff ist also erstens sehr wohl in den Haustürbetrug verwickelt, zweitens ist klar, dass der Mann ein Schutzgelderpresser, Waffenhändler und Mörder ist. Das schockt mich allerdings nicht halb so sehr wie die Entpuppung von Franz.

»Und Tassilo hat gedacht, er kann jetzt mitmischen?«, frage ich nach, und Franz nickt gewichtig.

Die Hände fuchteln so schnell, dass ich kaum glauben kann, wer sie bewegt.

»Der kleine Ganove hat einen Riecher dafür, mitzuverdienen, ohne viel zu tun: Kersthoff erpressen wegen des Mordes und sich bei mir ins gemachte Nest setzen. Er hat mit seiner Betrügerei in Wasserburg ziemlich bald gestartet, um mit mir reden zu können.«

»Und du hast ihm vermutlich gesagt, er soll dahin gehen, wo der Bartl den Most holt?« So naiv bin ich nicht wirklich, aber ich will eigentlich kein Mordgeständnis hören, weswegen ich ja höchstwahrscheinlich auf der Abschussliste stünde. Doch leider kann es der Angeber nicht für sich behalten.

Damit schiebt sich ein weiteres Puzzleteilchchen an seinen Platz, und der Franz steigert seine Wandlung vom Unfähigen über den Betrüger zu weit Schlimmerem. Ich fühle mich wie betäubt, denn so schnell kann ich das gar nicht verarbeiten. Ich, die Frau, die angeblich mit Menschenkenntnis ausgestattet ist. Wie sehr da mein Freundeskreis danebenliegt, zeigt sich jetzt bei seinen Erklärungen. Er muss einfach erzählen, wie toll und gefährlich zugleich er ist.

»Bin ich blöd? Dann kommt sie doch wieder, diese Zecke. Ich habe vor Angst geschlottert, hab ihn vertröstet und bin den beiden gefolgt. Da bist du mir in die Quere gekommen.«

»Weil ich ihnen ebenfalls nachgegangen bin?«

»Ja, du Alte-Tanten-Retterin. Das war echt stressig, rechtzeitig zum Wagen zu kommen und zu sehen, wo sie langfahren. Als ich erkannt habe, wo es hingeht, war es eine Leichtigkeit, den Wagen abzudrängen.«

Mir wird eiskalt, als ich mir das vorstelle:

Er fährt den beiden nach, überlegt genau, wo es am besten passt. Er drängt den Wagen ab – ich kann das Kreischen der

Reifen und das Knallen hören, als die Wagen aneinanderkrachen. Er schlägt Oliver nieder, holt sich das erbeutete Geld und dann ...

Franz grinst unerträglich breit. Er kann meinen Gedanken folgen und hat keinerlei Gewissensbisse. Er wird auch keine haben, mich zu töten!

»Du bist ein bisserl blass, Minnie. Hab keine Angst! Ich mag dich ja sehr gern.«

Ob mir das das Leben retten wird? Wie gesagt, ich glaube an das Gute im Menschen, doch naiv bin ich nicht. Ich muss zusehen, dass ich hier rauskomme. Das komme ich, aber leider anders als gedacht.

»Und weil ich dich so gernhabe, Minnie, darfst du mich zum Treffpunkt begleiten. Du liebst ja spannende Situationen.«

Mit ihm zu Kersthoff, zur Polizei, zwischen alle bewaffneten Parteien drängeln? Nicht mein Ding.

»Was bringt dir das, Franz? Lass mich hier. Der Alex sucht mich sonst.«

Er holt das Handy aus der Schublade und loggt sich ein. Ungläubig schaue ich ihm zu, wie er einige Sätze eintippt.

»Woher weißt du mein Kennwort?«

Er lacht höhnisch, dieser angeberische Unsympath.

»Ich lese immer deine Chats mit, Minnie. Vor allem diese Mädchenunterhaltungen liebe ich. Und deine Verabredungen mit Alex, huh, da wird mir oft richtig heiß.«

Das wäre schon beim bekannten Franz eklig gewesen, aber nach seinem furchtbaren Geständnis verletzt es mich tief. Das zwischen Alex und mir geht niemanden etwas an. Ich schlage zurück, will ebenfalls verletzen.

»Auch noch ein Spanner, Franz? Du hast echt vielfältige Talente«, kann ich mich nicht zurückhalten. Nun zerrt er mich auf die Füße und ganz nah an sich heran. Sein Gesicht wirkt in dieser Nähe fremd, furchteinflößend. Er ekelt mich an, als sein warmer Atem an meinem Ohr flüstert: »Minnie, verärger mich nicht. Ich mag dich. Sehr!« Das sagt er nun mindestens zum dritten Mal, und es macht mir Angst. Denn in den vergangenen Minuten habe ich gelernt, dass ich keine Chance habe, mich gegen ihn zu wehren. Gerade als ich zu hoffen beginne, dass er das Handy in meiner Griffweite lässt, landet es erneut in der Schublade.

»Was hast du Alex geschrieben?«

»Vielleicht dass du zu Toni gegangen bist? Oder dass er dich an der Mauer abholen soll, nach deinem Treffen mit Oliver?«

Mir wird schlecht. »Zieh bitte Alex da nicht mit rein, Franz.«

»Den Besserwisser? Doch eigentlich würde ich das sehr gerne. Dann sieht er auch mal, wie er mich bisher verkannt hat.«

Heißt das jetzt, dass er Alex die erste oder die zweite Nachricht geschickt hat? Diese Ungewissheit verursacht Magenschmerzen bei mir. Ich sehe meinen Freund in einer Blutlache liegen, nachdem Franz ihn ins Kreuzfeuer bestellt hat. Ich muss versuchen, zu fliehen und Alex zu warnen.

»Was hast du vor, Franz? Warum willst du dahin?«

»Reg dich nicht auf, Minnie! Ich möchte wissen, was Kersthoff mit Oliver bespricht. Ob der mit unter der Decke steckt, mich zu betrügen.«

»Dazu brauchst du mich nicht.«

»Du bist mein Ablenkungsmanöver. Und jetzt los!«

»Ich bin der Köder, meinst du damit?«

Das »Hähähä« vom Franz steigert sich in puncto Ekligkeit. Ich habe keine Wahl. Sein Griff um meinen Arm ist so fest, dass ich nicht mehr als die Füße bewegen kann – vorwärts. Draußen verbirgt er die Pistole unter der Jacke, aber der Lauf drückt mir in die Rippen. Hat er sie wenigstens gesichert?

Mir bricht der Schweiß aus. Gegenüber im Stechl-Keller sitzen die Leute noch auf der Terrasse an den Tischen, wie immer in einer warmen Sommernacht. Alles wirkt so normal.

Franz macht nicht den Fehler, durch die Stadt zwischen den Lokalen hindurch zur Mauer zu gehen. Jetzt weiß ich auch, warum er gleich loswollte. Er wählt den längeren Weg über den Parkplatz am Gries und dann auf dem Inndamm entlang. Wir passieren das Boot am Weg. Wie üblich hängen hier die lichtscheueren Gestalten herum. Der eindeutige süßliche Duft umweht uns, doch keiner sagt etwas. Ich sehe keine Chance, auf meine Situation aufmerksam zu machen und zudem wenig Sinn darin: Die Leute sind vermutlich sowieso tiefenentspannt.

Zwei Pärchen und drei Gassigeher mit Hund begegnen uns. Das ist alles, bis wir an die Stelle kommen, an der wir in die Stadt abbiegen. Zwischen den Gebäuden der Verwaltungsschule hindurch erreichen wir die Straße, auf deren anderer Seite der Friedhof liegt. Wo sich eigentlich allmählich die Polizei mit Fake-Oliver einfinden will. Falls sie schon da sind, haben sie sich gut versteckt.

Wie soll das gut ausgehen?

Inzwischen ist es dunkel. Nicht schwarze Nacht, aber für mich in dieser Situation zu dunkel.

Vermutlich treffen die Beamten jetzt bald ein – hinter uns. Hoffentlich bemerken sie uns rechtzeitig und bleiben sicherheitshalber zurück. Sonst laufen sie direkt ins Schussfeld von Franz. Und auf der drüberen Mauerseite steht der Kersthoff mit Kumpan, sicher nicht nur mit einer Trillerpfeife bewaffnet. Und wer befindet sich direkt in der Mitte, im wahrscheinlichen Kreuzfeuer?

Richtig, die Krimi-Minnie, die eigentlich diesmal wirklich brav daheimbleiben wollte. Und der worst case wäre, wenn Alex oder Gustl noch in das ganze Schlamassel platzen. O lieber Gott, lieber Stern der Ratte oder wer auch immer mich jetzt hört – bitte lasst das gut ausgehen!

Ich schleiche so langsam wie möglich zwischen den Grabsteinen auf dem Kiesweg entlang. Die Steinchen knirschen unter unseren Schuhen. Franz spürte, dass ich mich zu jedem Schritt zwingen muss: »Beruhige dich, Minnie, ich will dich nicht erschießen. Ich mag dich doch. Außerdem geh ich danach eh weg.«

Ein Hoffnungsschimmer. Aber ist er reell? Selbst wenn der Franz hier alle außer mir durchlöchert und sich in einem Frankfurter Ghetto verkriecht, um seine Programmierkünste zu betreiben, bleibe ich eine Zeugin.

»Falls du mich nicht eigenhändig erschießt, dann hoffst du auf eine Kugel vom Kersthoff?«, frage ich bitter und ein bisserl laut. Ich ächze, als sich der harte Lauf wieder in meine Rippen bohrt.

»Sei lieber leise, wenn du davonkommen willst. In Wasserburg ist mir das Pflaster inzwischen zu heiß. Ich weiß genau, dass sie einen neuen Fachmann für Cyberkriminalität haben, der mit der Rosenheimer Einheit zusammenarbeitet. Aber es gibt so viele kleine Städte und Dörfer, die mir eine Heimat werden können. Wo die Menschen keine Ahnung haben, dass sich mitten unter ihnen ein Genie aufhält. Und jetzt halt die Klappe, Minnie!«

Der Ton ist genauso grob wie sein Griff, und ich habe nun wirklich Mühe, weiterzugehen, denn meine Knie sind ganz weich vor Angst.

Nun sind wir an der Mauer angekommen. Auf der anderen Seite des Tores liegt die Gasse *An der Stadtmauer*. Doch wir bleiben im Friedhof. Franz presst mich mit seinem Körper gegen die Ziegelsteine. Da hab ich Glück, weil drüben in der Gasse gibt es die graue, unbehauene Variante. Da könnte mir ein brutaler Stoß das Rückgrat brechen, wenn ich dagegen pralle, da die Steine teilweise ziemlich hervorstehen.

Franz pfriemelt an seiner Pistole herum. Was macht er nur? Falls er die Sicherung rausnimmt, wird es deutlich gefährlicher. Ich beginne zu schwitzen. Er offensichtlich auch, ich rieche seinen Schweiß.

Jetzt löst er sich von mir, drückt mich nur mit der Hand an die Mauer und öffnet mit der anderen Hand das quietschende Tor. Er guckt kurz hindurch und lässt deshalb etwas locker. Ich blicke zur Seite. Schaffe ich es bis hinter den Automaten mit den Grablichtern?

Ich wage einen Schritt nach rechts, dann noch einen und renne los. Aber da ist er schon bei mir, packt mich und schleudert mich gegen einen Marmorblock, dessen scharfe Kanten sich in die Haut an meinem Rücken bohren. Grob zerrt er mich hinter sich her. Mist!

»Mach das nicht noch mal, Minnie!«

Sein Griff zeigt mir, wie wütend ihn mein Fluchtversuch gemacht hat. Langsam wird der Arm taub.

Ich muss vor ihm durch das Tor gehen. Am liebsten würde ich die Augen zumachen und mich fallenlassen. Irgendwer schießt sicher jeden Moment auf mich, den Köder im Blümchenkleid. Die wenigen Laternen an den Häusern lassen mich nicht allzu viel erkennen. Immerhin: Nichts kracht oder knallt, doch eine Stimme neben mir beginnt zu sprechen. Ich erschrecke so sehr, dass ich ein Quieken loslasse. Kersthoff hat offensichtlich, direkt an die Mauer geklatscht, auf uns gewartet. Eine Waffe sehe ich bei ihm nicht, aber das muss nichts heißen, weil es so dunkel ist.

»Na na, ich bin verwundert, dass Sie hier sind, kleines Fräulein. Sie wohnen also nicht nur im gleichen Haus, sondern machen gemeinsame Sache mit meinem Angestellten? Darüber hätten Sie mich informieren müssen, Herr Weiländer.«

Als wären wir in einem normalen Betrieb, in dem der Abteilungsleiter eine Einstellung nicht mit dem Geschäftsführer besprochen hat. Franz wirkt dementsprechend genervt und kommt auf den Punkt.

»Kersthoff, meine Handlanger suche ich mir schon selbst aus. Aber nachdem Sie völlig überraschend hier aufgetaucht sind, eine Frage: Wieso sägen Sie mich ab? Sie sind doch gut mit mir gefahren.«

Warum stellt er mich als Handlanger dar? Was hat er davon? Dann wird es mir klar: Dadurch lenkt er einen Teil der Aufmerksamkeit auf mich, die angebliche Komplizin. Das könnte ihm einen Zeitvorteil verschaffen, wenn es eng wird.

Kersthoff macht weiter auf jovialer, leicht indignierter Chef à la englischer Queen: I am not amused.

»Ja, ich war durchaus zufrieden. Weshalb ändern Sie das Vorgehen, Weiländer? Aus welchem Grund haben Sie den kleinen Betrüger ermordet?«

Ich kann es nicht fassen, wie lässig die beiden das vor mir erörtern. Bin ich durchsichtig oder – die vermutlich unangenehm wahrscheinliche Variante – sowieso überflüssig. Werde ich in dieser Stunde quasi als Kollateralschaden enden?

»Er hat mir gesteckt, dass Sie mich ausbooten wollten, Kersthoff. Das lasse ich nicht mit mir machen!«

»Aber niemals hätte ich das getan. Sie sind ein Profi, mit dem ich gerne zusammenarbeite. Selbstständig und verantwortungsbewusst. Warum sollte ich das tun?«

Franz' Stimme klingt eisig. »Weil Sie erpresst wurden. Tassilo hat es mir erzählt. Sie sind unvorsichtig und arrogant, Kersthoff. Und keineswegs verantwortungsbewusst. Sie haben mich verraten, weil Sie Ihre Telefonate mit Mordgeständnissen so führen, dass Hinz und Kunz und Tassilo mithören können. Dank Ihnen muss ich meine Zelte in Wasserburg abbrechen. Das stört mich gewaltig.«

Er lässt mich los und zieht die Hand zwischen unseren Körpern hervor. Nun kann Kersthoff sehen, dass Franz bewaffnet ist. Und noch einer hat es gesehen. Von der Seite nähert sich ein Schatten. Doch bevor dieser aktiv wird, macht es paff, und er stürzt zu Boden. Jetzt weiß ich auch, was Franz mit der Pistole gemacht hat. Er hat einen Schalldämpfer draufgeschraubt. Das macht das Ganze noch viel unheimlicher.

Kersthoff packt mich und reißt mich vor sich. Ich merke es zunächst beinahe nicht, denn ich schaue entsetzt auf das Kopfsteinpflaster. Hier im mageren Laternenlicht liegt Kersthoffs Begleiter, der neulich nach Oliver gesucht hat. Er hält sich die Schulter und stöhnt herzzerreißend. Keiner beachtet ihn, aber wenigstens lebt er.

Die Situation ist so unglaublich, dass ich wie im Theater verfolge, was vorgeht. Ich kann mich nicht bewegen, nicht schreien, nichts tun, um etwas zu ändern.

Geschäftsführer und Abteilungsleiter der Mord- und Betrugs-AG diskutieren weiter. Einziger Unterschied: Ich werde jetzt vom ebenfalls müffelnden Kersthoff festgehalten. Er ist genauso grob wie Franz. Da komme ich ebenso wenig aus der Sache raus.

Kersthoff erwidert atemlos: »Sie sind ja wahnsinnig. Ich will nichts mit Ihren Machenschaften und dem Mord an Berger zu tun haben!«

Franz lamentiert: »Sie haben mich durch Ihren Verrat

gewissermaßen zum Mord angestiftet. Um mich und sich selbst zu retten. Und im letzten Gespräch haben Sie mir dazu gratuliert. Also war es sehr wohl mit Ihrem Einverständnis.«

Ich spüre, dass Kersthoff nervös wird. Ich auch. Jetzt bin ich Zeugin gegen zwei Mörder. Meine Situation verbessert sich nicht gerade.

»Das ist eine Lüge! Das hätte ich nicht nötig«, die Stimme wird höher. Kersthoff keift wie ein altes Waschweib, hätte die Kati-Oma gesagt.

»Das hört sich auf der Aufnahme unseres Telefonats aber ganz anders an.« Franz grinst breit und schwenkt das Handy in seiner Hand. Denken die beiden noch daran, weshalb wir hier sind? Ich erinnere sie, vielleicht kühlt das die Verhältnisse und die schwitzenden Männer runter.

»Äh, wenn ich kurz etwas sagen darf: Es ist gleich zehn Uhr. Ich hatte eine Verabredung, zu der Sie beide eigentlich nicht eingeladen waren.«

Die Streithähne starren mich an, bemerken den Fehler in meiner Argumentation jedoch nicht: Warum sollte ich sie auf Oliver aufmerksam machen, den ich bis jetzt retten wollte?

Ich weiß nicht, ob ich drei Kreuze schlagen soll oder mich fürchten, aber irgendwer hat mich erhört und kommt in diesem Augenblick durch die Gasse auf uns zu. Ist das das Oliver-Double?

Franz verzieht sich in den Torbogen zum Friedhof. Kersthoff passt da nicht mehr hin, also bleibt er neben mir stehen, als wäre es vereinbart.

»Minnie, bist du das?«, die Stimme des als Oliver eingesetzten Polizisten klingt jung und hat eine ähnliche Stimmlage wie das Original. Ich hoffe, dass es Franz nicht auffällt, der doch des Öfteren mit ihm gequatscht hat.

Kersthoff schüttelt mich, sodass meine Antwort etwas wackelig ausfällt. »Ja, Oliver, ich bin hier.«

Er nähert sich langsam.

»Wer zum Teufel ...«, kommt es vom Franz, der wohl Lunte riecht. Und in diesem Moment überschlagen sich die Ereignisse. Das ist teilweise wörtlich zu nehmen, denn ich lande nach einem halben Axel unsanft auf dem Boden, keineswegs so vollendet wie ein Eiskunstlaufprofi.

Aber zuerst hören wir Schritte auf dem Kiesweg im Friedhof, laute Stimmen, darunter die wütende vom Franz. Die Polizei hat auf der anderen Mauerseite den meiner Ansicht nach Gefährlichsten aus dem Verkehr gezogen.

Gerangelgeräusche – Ächzen, Stöhnen, Gefluche und so weiter und so fort – dann löst sich ein Schuss, und alle ziehen die Köpfe ein.

Kersthoff lässt mich los, so plötzlich, dass ich keine Chance habe, auf den Füßen zu bleiben. Ich krache auf meinen Ellbogen und kugle völlig ungraziös herum, bis ich auf dem Bauch zum Liegen komme.

Andererseits ist es auf dem harten Pflaster im Moment sicherer, also verharre ich dort unten, mit den Händen über meinem Kopf, bis es um mich vor Menschen nur so wimmelt.

Ich rutsche an die Mauer und setze mich auf. Das Atmen fällt mir schwer, so aufgeregt bin ich. Aber meine Augen funktionieren einwandfrei. So beobachte ich erleichtert, wie Kersthoffs Flucht vereitelt wird und er von »Oliver« Handschellen angelegt bekommt. Von Franz sehe ich nur den Rücken mit den Händen auf selbigem: Er wurde ebenfalls wehrlos gemacht und abgeführt.

Autoritäre Stimmen rufen nach der Ambulanz, deren Sirenen ich nach wenigen Augenblicken die Serpentinen herabrasen höre. Mindestens drei Wagen sind da im Heranrauschen.

Schließlich nimmt jemand das Häufchen Elend an der Mauer wahr.

»Minnie, geht es dir gut? Bist du verletzt?«, es ist der Gustl. Ich nicke und schüttle den Kopf, kann mich nicht weiter äußern und bewegen.

»Ich hole mal einen Arzt, Minnie, du hast einen Schock.«

Dann ist endlich Alex da, und meine Erstarrung löst sich. Gott sei Dank ist er nicht in Gefahr gewesen. Ich klammere mich erleichtert an ihn, reden kann ich immer noch nicht. Alex streicht sanft mit seinen Händen an meinen Gliedern entlang, berührt zärtlich mein Gesicht. »Tut dir was weh?«

Ich verneine leise, heule aber auf, als seine Hand über Ellbogen und Hüfte fährt, die mir die Eiskunstlaufeinlage nicht verziehen haben. Er lässt sich neben mir an der Mauer nieder und legt den Arm um mich. Seine andere Hand hält meine ganz fest, und ich bette meinen Kopf an seine Schulter.

»Der Arzt kommt gleich, Minnie.«

»Alex, du sitzt am Boden. Dein schöner Anzug«, murmle ich erschöpft.

»Egal, Schatz. Hauptsache, es geht dir gut, und die Sache ist vorüber. Ich dachte, mein Herz bleibt stehen, als ich deine Nachricht bekommen habe. War ja klar, dass du nicht auf mich wartest. Ich hätte bei dir bleiben sollen«, seufzt er.

»Ich wollte ja warten, aber der Franz hat dir geschrieben, nicht ich. Ich musste mitgehen. Ich hatte so Angst, dass er dich hierher bestellt hat.«

»Was hat der Franz damit zu tun?«, fragt er perplex. »Du hast mir geschrieben, dass du doch hierher willst und danach zu Toni gehst.«

Der Hundling, er hat also Variante drei genommen.

»Er hat mir mein Handy weggenommen. Franz ist der Komplize. Und er hat Tassilo ermordet.«

Jetzt ist Alex sprachlos.

Der Gustl kommt mit einem Sani, der mich mit einer Taschenlampe untersucht und in eine goldene Decke wickelt.

»Es wäre gut, wenn du die Hüfte und den Ellbogen anschauen oder sogar röntgen lassen würdest, Minnie.«

Mir ist gar nicht aufgefallen, dass es sich beim Sani um einen Spezi von Basti handelt.

»Danke, Reiner. Soll ich morgen kommen?«

»Ich glaub, wir nehmen dich besser gleich mit: Eine Liege ist noch frei.«

»Wer liegt denn sonst in den Wagen außer dem Angeschossenen?«, meine Neugier flackert wieder auf. Zeit wird's.

»Einer der Beamten hat vom Franz einen Schlag mit der Waffe ins Gesicht bekommen. Die Nasn schaut ned gut aus.«

»Autsch!« Mir hat Franz' Schlag mit der Hand schon gereicht.

Vorsichtig helfen mir Alex und Reiner beim Aufstehen und führen mich zum Sanka. Zuerst empfinde ich einen gewissen Neid auf die Kati-Oma: Ich hätte grad auch gern einen Rollstuhl. Dann wird es besser. Die Schmerzen lassen zwar nicht nach, aber die Steifheit.

Als ich mich auf die Transportliege niederlasse, sehe ich die Gesichter, die zu mir hereinschauen: Neben ein paar neugierigen und mitleidigen, das besorgte vom Gustl und das ziemlich blasse meines Freundes.

»Tut mir leid, Alex«, flüstere ich. Ich bin zwar nicht freiwillig beim Showdown dabei gewesen, habe aber trotzdem ein schlechtes Gewissen.

Er schüttelt den Kopf. »Ich komme mit dem Auto nach, dann kann ich dich nachher mit heimnehmen.«

Mehr sagt er nicht, dreht sich um und geht. Mir schießen die Tränen in die Augen, was nicht daran liegt, dass ich festgeschnallt werde. Alex ist sauer, ich kann ihn verstehen, aber ich weiß nicht, was ich hätte ändern sollen.

»Du hast nichts falsch gemacht, Minnie, er hat einfach Angst um dich. Lass ihm Zeit«, meint der Gustl mitleidig, bevor sie ihm die Tür vor der Nase zuklappen.

Ein unbehagliches Gefühl bleibt, auch als ich frisch geröntgt – es ist nichts kaputtgegangen – und bandagiert von Alex zu seiner Wohnung kutschiert werde.

Er macht mir noch ein Rührei, denn ich hab einen Bärenhunger; mein Abendessen ist ja ausgefallen. Dann hilft er mir beim Waschen und steckt mich ins Bett. Alex ist sonst nie wortkarg, und ich weiß nicht, wie ich das Schweigen zwischen uns brechen soll.

Außerdem bin ich viel zu müde. Alex verzieht sich nach einem raschen Gutenachtkuss ins Wohnzimmer. Und so schlafe ich sehr traurig innerhalb von Sekunden ein.

Vernissage auf High Heels

In seiner Mittagspause bringt mich Alex mit Traudls Hilfe zuerst in mein Atelier. Er verabschiedet sich ziemlich flott, und Traudl schaut ihm irritiert nach.

»Was hat er denn?«

»Ich glaube, er ist sehr böse auf mich«, sage ich leise. Meine Stimme zittert. Ich weiß nicht, was los ist. Bisher hat Alex zwar immer geschimpft, aber er war nie so wie jetzt.

»Diesmal bist du doch unschuldig, Kind. Also warum soll er sauer sein?«

»Na ja, hätte ich mich ganz rausgehalten …«

»Dann wäre Oliver auf der Strecke geblieben. Und vielleicht Schlimmeres. Du hast das Richtige gemacht, Arminia!«

Ich schaue sie leicht fassungslos an.

Sie hält zu mir. Nicht zu Alex, ihrem Traumschwiegersohn.

Ob mir das was nützt, so schön, wie dieser Gedanke auch ist? Er bringt mir immerhin ein warmes Gefühl in den Bauch, das den Eisklumpen, der bisher dort gelegen ist, schmilzt.

»Danke, Mama«, sage ich. Sie räuspert sich energisch, berichtigt mich aber nicht.

»Was wolltest du denn eigentlich hier unten? Du gehörst auf die Couch.«

»Ich muss den Hund verpacken, weil ich heute den Liefertermin und morgen die Vernissage habe.«

»Bei der Wegner«, schnaubt meine Mutter sehr undamenhaft. Trotzdem folgt sie mir zum Rolcf-Frido. Ich bin zufrieden, obwohl ich die Schnurrhaare gerne dunkler gehabt hätte. Aber zur nachträglichen Verbesserung bliebe nur ein Permanentmarker. Wenn es nicht unbedingt sein muss, lasse ich das lieber bleiben.

Traudl hilft mir beim Verpacken.

Als wir fertig sind, frage ich bei Toni und Basti um Transporthilfe an, die sich auf den Weg zu mir machen.

Als ich Alex nach x-maligem Überlegen schreibe, zittern meine Finger, und ich brauche drei Anläufe. Eine Antwort kommt erstmal nicht, obwohl er meine Nachricht gelesen hat.

Fast werde ich ein bisschen sauer, denn wie oft lade ich ihn zum Essen ein? Ist ein Ja oder Nein – und wenn nur aus Höflichkeit – tatsächlich zu viel verlangt? Dass er für die Hundeüberführung keine Zeit hat, ist mir ja bekannt. Dafür muss er sich echt keinen Urlaub nehmen.

Toni und Basti haben frei, weil sie auch Flohmarktfreaks sind und heute einen Stand haben. Sie führen den Transport allein durch und lassen mich nicht helfen.

»Minnie, wenn wir dauernd erschrecken, weil du stöhnst, fällt uns das Ding eher runter, als wenn du nicht dabei bist.«

Neben meinen Schmerzen an Ellbogen und Hüfte schwitze ich Blut und Wasser, als ich ihnen nachsehe, wie sie mit Bastis Pick-up wegfahren. Es tropft weiter, bis ich erfahre, dass die Skulptur ohne Schaden bei Frau Wegner in der Halle angekommen ist, in der ich morgen »ein paar Worte« sagen soll.

Traudl ist an meiner Seite, erstaunlicherweise wortlos, als ich mich in den obersten Stock in meine Wohnung schleppe. Oliver hat offensichtlich einen bleibenden Eindruck hinterlassen, dass sie so mildtätig ist und nicht schimpft oder gescheithaferlt.

Sie macht mir einen Tee und packt mich auf die Couch, wo ich trübsinnig sitzen bleibe und nach draußen schaue: Meine Tauben gurren im Sonnenschein. Heute machen sie Doppeldienst am Nest. Vermutlich sind die Eier schon gelegt. Somit weiß ich auch, wem der Balkon in den nächsten Wochen gehört: Ich bin es nicht.

»Hör mal, Minnie: Wegen unserer Auseinandersetzung ...«

Erstaunt sehe ich meine Mutter an. Sie hat noch nie zuvor von sich aus ein Gespräch auf einen Streit zwischen uns gebracht.

»Es tut mir leid, dass ich so eine Helikoptermutter bin.«

Was? Sie, die Traudl eine Helikoptermutter?

Helikoptermütter wickeln ihren Nachwuchs in Watte und lassen ihn niemals aus den Augen. Meine Mutter will nur, dass ich ihren Befehlen folge. Also bisher, immerhin liege ich dank ihrer Hilfe auf der Couch. Ich bin so überrumpelt, dass ich schweige, was gut ist, denn spätestens bei ihren nächsten Worten wäre mein Sprechvermögen endgültig weggewesen.

»Ich möchte, dass du hierbleibst, in dieser Wohnung. Außer sie gefällt dir gar nicht.«

Sie wartet etwas unsicher – kein Wunder, vermutlich wirke ich ein wenig, als hätte ich ein Alien gesehen. Oder zumindest als wäre ich völlig neben der Spur. Ich überwinde mich: Stolz runterschlucken und entgegenkommen heißt die Devise.

»Äh, ich liebe diese Wohnung, Traudl. Und ich kann noch ein bisserl mehr jobben, wenn die Miete nicht reicht, die ich zahle.«

Sie winkt ab und spricht schnell weiter. Ich bin nicht die einzige, der die Situation neu und unangenehm ist.

»Gustl hat mich auf eine andere Idee gebracht. Ich habe keinen Hausmeister mehr. Und Alex sagt, du hast einige Arbeiten übernommen, die der Franz hätte machen sollen. Das hättest du mir sagen müssen, Arminia.«

Jetzt guckt sie ein bisschen grantig. Das verstehe ich, denn Franz hat dafür ja auch weniger Miete gezahlt. Ausgerechnet einen Betrüger und Mörder habe ich gewissermaßen gedeckt. Und ihm das Leben erleichtert, obwohl er meine E-Books auf den Schwarzmarkt geschleust hat.

»Äh, ich, uh, das hat sich immer so ergeben. Entschuldige. Aber ich will dir nicht auf der Tasche liegen.«

Sie schnauft tief ein, was mir zeigt, dass sie sich überwinden muss. »Kannst du dir vorstellen, dass du zukünftig offiziell die Hausmeisterin bist?«

Typisch, dass sie sogar hier noch auf die feminine Bezeichnung Wert legt. Ich starre sie einen Moment an, während sie leicht rot wird. Endlich sickert es in mein Bewusstsein: Ich hab die Chance hierzubleiben. In meiner Wohnung. Also meiner Wohnung und dem Balkon der Tauben, die auch bleiben dürfen.

»Ja, ja«, sage ich schnell, bevor sie es sich anders überlegt. »Das wäre super, Traudl.«

Sie seufzt, und ich weiß, sie ringt grad innerlich mit sich selbst und verflucht möglicherweise Alex und Gustl, zwei Männer, die sie liebt.

»Gut, dann ist das abgemacht. Ich geb dir einen neuen

Vertrag. Du zahlst ein bisserl weniger und schaust nach dem Rechten. Und wenn Schweres oder Grausliges zu tun ist, holst du dir einen Fachmann.«

Ich nicke begeistert. Und schließlich zieht ein Lächeln über ihr Gesicht. »Wunderbar«, ist alles, was sie dazu sagt. Trotzdem muss ich mich nicht überwinden, ihr ein Busserl auf die Backe zu drücken.

»Danke. Vielen Dank. Es wär mir echt schwergefallen, hier auszuziehen.«

Der Gustl, der Mann mit dem feinen Gespür für die Mayrhofer-Frauen, taucht auf. Er hat Mittagessen aus den Markthallen dabei, das wir uns schmecken lassen. Und es schmeckt noch besser, als Alex endlich geruht zurückzuschreiben.

»Auf die Vernissage kann ich morgen leider nicht, hab eine Besprechung. Essen danach geht. Wann und wo?«

»Beim Inder um neun Uhr? Ich reserviere.«

Das Erhobene-Daumen-Smiley ist alles, was zurückkommt. Schon ein bisserl hochnäsig, der Herr Banker, oder?

Am nächsten Vormittag – es ist der Tag des Nachtflohmarkts – schaue ich zunächst bei Frau Wegner vorbei. Ich entferne die Verpackung, nur ein silberfarbenes Satintuch schirmt Frodo-Tildo jetzt noch vor neugierigen Blicken ab.

Danach begebe ich mich auf den Weg zur Polizei, um zur Abwechslung mal eine Aussage zu machen und ein Formular zu unterschreiben.

»Wie geht es der Nase eures Kollegen?«, frage ich den Gerhard, der heute gleich unten Dienst am Tresen im Wartebereich hat.

»Ist eingerichtet und blau-lila. Wird schon wieder«, meint der ungerührt und schiebt mir Stift und Ausdruck rüber. Nach der üblichen Überprüfung unterschreibe ich.

Dann erzählt mir Gerhard, dass sie beim Durchsuchen von der Wohnung vom Franz die Karten und das Geld gefunden haben, das Tassilo und Oliver erbeutet hatten. Und das Tassilos Mörder am Fischweiher an sich genommen hat. Ein weiterer Beweis dafür, dass Franz der Schuldige ist. Und der letzte Beweis ist die Waffe vom Franz, aus der nachweislich der tödliche Schuss auf Tassilo abgegeben worden war.

Aus der Beweislage kann sich auch ein Genie nicht mehr rauswinden.

Der Nachtflohmarkt ist ein Highlight im Wasserburger Jahr. Wie beim Weinfest steht die Stadt kopf. Im gesamten Innenstadtbereich wird ab dem frühen Abend bis Mitternacht Flohmarktzeugs verkauft. In den Gassen, vor den Kirchen, unter und vor den Arkaden und auf den Plätzen. Wenn es schließlich dunkel wird, wird es romantisch zwischen dem alten Gemäuer und auf dem Kopfsteinpflaster.

Die Standbesitzer sorgen für Beleuchtung, indem sie Kerzen und Taschenlampen, vorsintflutliche Öllampen und moderne Campingleuchten auf den Tischen oder – falls möglich – an den Mauern hinter sich befestigen.

Romantisch bedeutet aber nicht unbedingt, dass man genau erkennen kann, was angeboten wird. Die Menschenmengen, die sich vorbeischieben, erleichtern das auch nicht gerade.

Für mich ist es rein das Flair, das mich mit meinem Malertisch normalerweise vor die Haustür treibt. Oder durch die Gassen, um zu stöbern und zu gucken, wer da ist, und um zu ratschen.

Die Verkäufer rücken am Nachmittag an und bauen auf. Die Wasserburger selbst können ihre Plätze reservieren, für die anderen heißt es schnell sein. Wenn der Standort ergattert ist, dann wird ausgeladen, das Auto weggefahren und aufgebaut. Da sind die Straßen schon gut besucht. Richtig wimmeln tut es ab 19 Uhr, sobald der Verkauf startet.

Ich bin meistens unter den Verkäufern, doch diesmal ist mir die Vernissage dazwischengekommen. Leider – denn der Flohmarkt ist immer eine tolle Gelegenheit, meine speziellen oder auch leicht verhunzten Viecherl an die Frau zu bringen. Männer sind höchstens mal am Wolpertinger interessiert. Vermutlich wegen der Mystik.

Es ist 17 Uhr, und ich ziehe das bernsteinfarbene Seidenkleid und die goldenen Sandalen mit Absatz an, die Alex mit mir gekauft hat. Meine Locken lasse ich frei über den Rücken fallen.

Um den Hals trage ich ein schön geschnitztes Holzamulett, am Finger einen Ring, den ich auf einer Pferdemesse an einem indianischen Stand erworben habe. Noch ein paar hölzerne Armreifen angelegt und mein Ausgehtäschchen mit Hundenamen-Merkzettel, Redenotizen, Geldbeutel und Handy gepackt.

Schließlich mache ich mich auf den gefährlichen Weg – Stöckelschuhe auf Pflastersteinen – zur Vernissage. Durch das Wasserburger Tollhaus kurz vor Beginn des Nachtflohmarkts.

Zehn Minuten – und etwa genauso viele erstaunte Bemerkungen von Bekannten zu meinem Outfit – später treffe ich bei Madame Wegner ein und werde aufs Herzlichste von meiner Gastgeberin begrüßt, der ich höflich zum Geburtstag gratuliere. Meine Tasche lege ich auf einen Stuhl an der Seite, nur die Zettel behalte ich bei mir.

Traudl und Gustl stehen schon mit einem Glas Sekt in der Hand neben dem verhüllten Kunstobjekt und schauen mich anerkennend nickend an. Für die Kleidung, nicht für das Kunstobjekt.

Ich erhalte ebenfalls ein mutmachendes Blubberwasser und werde nun einigen Honoratioren der Stadt vorgestellt. Manche davon kenne ich natürlich, und jeder ist so nett, mir von seiner Spannung zu erzählen, mit der er die Enthüllung des Kunstwerks erwartet. Wie Christo beim Reichstag komme ich mir vor. Ach nein, da ist ja das Verhüllen Programm und nicht das Enthüllen. Dann eben wie irgendeine andere Berühmtheit in der Künstlerwelt.

Endlich ist es soweit: Die Hotellobbymusik mit leisem Klaviergeklimper verstummt, und Frau Wegner eröffnet den Abend.

»Meine lieben Freunde und Kunstfreunde, ich darf Sie herzlich zur neuesten Vernissage in meinem Haus begrüßen und freue mich, dass so viele Kunstinteressierte meinem Ruf gefolgt sind.«

Sie stellt drei Künstler aus dem Wasserburger Umkreis vor, deren Werke sie diesmal präsentiert. Das eine ist ein junger Mann, dessen sensationelle Tierfotos mir jetzt erst an den Wänden auffallen. So nervös bin ich. Die anderen beiden sind mit Malerei vertreten: Einmal schöne Wasserburg-Motive, das andere sind bunte, mutige Bilder, wie aus einem Science-Fiction-Film entliehen, scheint es mir. Da muss ich nachher mal schauen, ob mich etwas inspiriert, was ich für FastFlynn verwenden kann.

Dann bin ich an der Reihe.

Erstaunlicherweise stehe ich trotz Absätzen und Sekt noch gerade, ohne zu wanken. Ein cooler Buchtitel übrigens, oder? Sekt und High Heels. Typisch für die heutigen Liebesromane. Leider führt es dazu, dass sich kein Mensch mehr merken kann, ob er ein Buch bereits gelesen hat oder nicht. Das Cover hilft da auch nicht. Rosa und weiß sind die vorherrschenden Farben, Quietsche-Entchen, Frösche oder Ähnliches die Motive. Merken konnte ich mir dagegen »Die Liebe trägt Giraffenpulli«. Schön schräg ist eben ganz meins.

»Liebe Gäste, es ist mir eine besondere Freude, Ihnen eine Wasserburger Künstlerin vorzustellen, die ich wegen ihrer einzigartigen Begabung mit einem Herzenswunsch beauftragt habe.«

Neben ihr sitzt das lebende Objekt, sittsam und sich seiner eigenen Wichtigkeit offensichtlich bewusst: Rolof-Tido vom Heideburgblick. Ja, ich hab mir den Namen heute Vormittag etwa 200-mal vorgelesen. Er ist wirklich ein hübscher Hund. Ich hoffe, meine »einzigartige Begabung« wird ihm gerecht.

»Arminia Mayrhofer wird nun ein paar Worte sagen.«

Ich zucke zusammen, doch an dieser Stelle kann ich mich schlecht über meinen Namen aufregen. Das Grinsen von Traudl und Gustl zeigt mir, dass sie mein Dilemma erkennen.

Ich bedanke mich artig für die Einführung, die zwar nett, aber sehr kurz war, und beginne, wie eben alles anfängt: mit der Geburt der Hauptperson. Es folgen die Punkte, die mir Frau Wegner zukommen hat lassen. Ich betone den exquisiten Körperbau, den nachzuformen mir eine Ehre war. Dabei versuche ich die Erinnerung an die Lachsalven von Toni und Basti zu unterdrücken.

Der Hundecoiffeur sieht geschmeichelt aus, als ich seine formvollendete Arbeit lobe, die Rolof-Tido noch schöner macht. Ganz ehrlich gehe ich auf die Folgsamkeit ein, denn er sitzt nach wie vor brav neben dem Frauchen. Nach meinen Worten lässt er sich dann nieder, den Kopf weiterhin stolz erhoben. Und er sabbert gar nicht. Seine Besitzerin ist allerdings kurz davor, was mir verrät, dass sie tatsächlich nicht ihrem Verlangen nachgegeben hat, vor der Vernissage unter das Tuch zu spechten.

O Heilige Maria Muttergottes, wie es oft bei uns in Bayern heißt: Bitte mach, dass ihr meine Arbeit gefällt!

Nun bin ich mit meiner Rede zum Ende gekommen und schaue in die Runde. Die Mienen wechseln von mitleidig wegen meiner Aufgabe über gelangweilt bis hin zu belustigt. Meine Mutter und der Gustl gehören zur letzten Fraktion.

Frau Wegner nickt mir zu, und ich enthülle mit salbungsvollen Worten die Skulptur. Beifall erklingt, und Frau Wegner fällt mir mit Tränen in den Augen um den Hals.

»Ganz wunderbar, meine Liebe. Sie machen mich so glücklich.«

Erleichtert atme ich auf und lasse mich hinterherziehen, zur genauen Begutachtung. Jeder Farbstreifen wird in Augenschein genommen, und bis auf die Schnurrhaare – wusste ich es doch! – halten sie der Prüfung stand.

Ich biete eine Nachbesserung mit Hinweis auf eine eventuelle Verschlechterung an, die aber freundlich – nach minutenlangem Abwägen – verworfen wird.

Es folgen noch die Reden der drei Aussteller, und mir brennt allmählich die Zeit auf den Nägeln. Es ist bereits neun Uhr, und ich bin verabredet. Mit einem Mann, den ich liebe und der eh schon sauer auf mich ist.

Gerade als ich überlege, mir mein Honorar später einmal zu holen, kommt die Dame des Hauses auf mich zu und überreicht mir feierlich einen Umschlag. »Ich werde Sie gerne weiterempfehlen, Arminia. Ich habe einige Bekannte, die meine Idee vielleicht aufgreifen möchten.«

»Das ist sehr freundlich, Frau Wegner, vielen Dank. Die

Hauptsache ist für mich, dass Sie zufrieden sind und sich freuen können.«

Sie drückt ihre Dankbarkeit nochmals in Worten aus, während ich mich rückwärts auf den Ausgang zuschiebe.

Schließlich erwähne ich meinen Termin, und sie lässt mich aus ihren Klauen. Einige Gäste tun es mir nach und mischen sich unter die Menschen in den Gassen, in denen bereits die Kerzen und Lampen brennen.

Ich schreibe Alex kurz eine Mitteilung, dass ich unterwegs bin, ziehe die goldenen Sandalen aus und beginne zu laufen.

Der Weg ohne Gestöckel ist schnell bewältigt, und während ich vor dem Lokal die Schuhe wieder anziehe, schaue ich in den Gastraum.

Mein Freund sitzt an der Bar. Allerdings scheint er nicht auf mich zu warten, denn er stößt gerade mit seinem Glas Wein mit einer Frau an, die sich neben ihm auf dem Barhocker räkelt. Na gut, das ist wirklich zu stark formuliert. Doch die kurvige Blondine trägt einen Rock, dessen seitlicher Schlitz fast bis zu ihrer Hüfte geht. Okay, nicht ganz. Aber hallo – wir sind hier in Wasserburg, nicht in Rom.

Ich erwache aus meiner Starre, als hinter mir Stimmen erklingen: »Ich dachte, ich kann mich nicht mehr halten, als dieser Hund nach der Lobhudelei einfach ausgebüchst ist.«

»Das macht er öfter, der von und zu. Diesmal war die Wegner mehr damit beschäftigt, die Skulptur zu retten. Deswegen hat er es nach draußen geschafft.«

Zwei der Vernissagen-Gäste überqueren in meiner Nähe die Straße, haben mich in der Dämmerung jedoch nicht wahrgenommen. »Auf jeden Fall ist der Nachbau braver als das Original. Na ja, sie werden ihn schon finden.«

Ich empfinde leider im Moment kein Mitleid mit Frau

Wegner, obwohl ich mir vorstellen kann, was sie gerade durchmacht. Das ist ja wie eine Kindesentführung. Doch ich kämpfe selbst mit so vielen Gefühlen, von denen mir eines neu und unangenehm ist.

Wut kenne ich, obwohl ich selten ausflippe.

Ein Flattern im Bauch, wenn ich Alex sehe. Nennen wir es mal starke Zuneigung. Oder bei seinem wahren Namen: Liebe.

Denn sonst wäre die seelische Regung, die eben übermächtig in mir brodelt, ja sinnlos: Ich bin so was von eifersüchtig. Ich bin kein aggressiver Typ, aber davonschleichen gilt nicht. Außerdem bin ich zu spät. Vielleicht will er mich so strafen? Das ist für das bisschen Verspätung schon heftig. Arminia, die Starke: Roll die Ärmel hoch und rein in die Arena!

Als ich mit klopfendem Herzen durch die Tür trete, höre ich das Stimmengewirr der anderen Gäste. In der Luft liegt der Duft nach Knoblauch, Ingwer und vermutlich Koriander.

Ich bleibe stehen und fixiere die beiden an der Bar. Das muss er doch spüren. Oder sie tot vom Stuhl fallen. Uh, ich wusste bisher gar nichts von meiner Blutrünstigkeit.

Einige Gäste sehen mich neugierig an, und der Barkeeper grüßt mich. Nun wendet Alex den Kopf. Sein Blick wandert an mir runter und wieder rauf.

Ja, schon klar: kein Schlitz bis zur Hüfte. Aber du hast dieses Kleid ausgesucht, Spezi.

Nun dreht sich auch die Blondine um. Sie wirkt irritiert.

Ich ziehe die Augenbrauen hoch, als ich Alex in die Augen schaue. Nun beginnt er zu lachen, rutscht vom Hocker und kommt auf mich zu. Eigentlich würde ich ihm jetzt gerne einen kleinen Magenschwinger verpassen, allerdings sicher nicht vor dem blonden Publikum.

Alex nimmt mein Gesicht in seine Hände und küsst mich liebevoll, was mich verwirrt. Ist er jetzt sauer oder nicht? Und wenn ja, weswegen?

»Schön, dass du da bist, Liebling. Ist alles gut gegangen?« Er fragt es leise, für mich bestimmt, nicht für andere Anwesende.

»Bis auf die lange Vernissage und den Umstand, dass der Originalhund wohl gerade ausgebüchst ist, ist alles in Ordnung. Es gibt auch noch Neuigkeiten.«

»Das erzählst du mir dann gleich beim Essen, oder? Unser Tisch ist schon frei, aber ich wollte meine neue Kollegin nicht allein hängenlassen. Hätte blöd ausgesehen, solange ich auf dich warte.«

Ich nicke ein wenig steif: »Kein Problem, außer du vertreibst dir noch mal die Zeit mit ihr, wenn ich nicht da bin.«

Er schaut mich erstaunt an. »Du bist eifersüchtig, Minnie?«

Ich schweige. Leugnen wäre kindisch, und um es zuzugeben, ist jetzt nicht der richtige Zeitpunkt. Falls es einen solchen gibt.

Dafür bekomme ich einen weiteren Kuss, den ich aus ganzem Herzen erwidere. Aus einer Ecke im Raum kommt ein Pfiff, ein anderer aus der Küche. Wir brechen den Kuss ab, das Bedauern darüber spüren wir beide. Dann legt Alex mir die Hand auf den Rücken und schiebt mich in Richtung Bar.

»Minnie, das ist meine neue Kollegin Anja Werther. Anja, meine Freundin Minnie.«

Anja reicht mir die Hand. Die Irritation in ihrem Blick ist verschwunden. Was so ein heißer Kuss alles zuwege bringt.

»Nett, dich kennenzulernen, Minnie. Alex, danke für deine Gesellschaft. Ich wünsche euch einen schönen Abend.«

Wenn sie glaubt, dass ich sie einlade, sich zu uns zu setzen, ist sie falsch gewickelt. Etwas blitzt in ihren Augen auf: Überraschung?

Ich bedanke mich mit einem sehr breiten Lächeln, dann gehen wir zu unserem Tisch, während sie sich Chicken Punjabi zum Mitnehmen bestellt.

Alex mustert mich lächelnd, ist aber klug genug, die Worte »Anja« oder »Eifersucht« nicht mehr in den Mund zu nehmen.

»Jetzt erzähl mal: Wie ist es gelaufen, und was gibt es Neues?«

Wir schlemmen und reden bis weit nach 23 Uhr. Heute macht die Küche eh nicht so schnell dicht, denn immer wieder schneit ein hungriger Flohmarktbesucher herein.

Am Nebentisch sitzt eine Gruppe Männer, die laut debattiert. Als Alex auf die Toilette geht, spitze ich neugierig die Ohren.

»Und dann kann sich ein Grundstückbesitzer auch noch entscheiden, ob er will, dass die Wildsau dort gejagt wird. Aus ethischen Gründen. So ein Schmarrn!«

»Ja, dabei sollten die Leute froh sein, wenn die Jäger aufpassen, dass ned alles kaputtgemacht wird. Am Inn fällt ein Baum nach dem anderen wegen den Bibern.«

»Immerhin funktioniert des jetzt, dass die Rehkitze mit Alarmgebern oder Drohnen gefunden werden, bevor's ein Mähwerk dawischt.«

»Ja, aber des mit den Wildsauen is a Sauerei!«

Dass die Herren das Wortspiel lustig finden, lässt auf einen beachtlichen Alkoholpegel in ihrem Blut schließen.

Ich weiß, worum es geht. Neulich gab es wieder einen Unfall, in den eine Rotte Wildschweine verwickelt war. Da sind einige davon im Landkreis unterwegs und breiten sich wohl aus. Die Diskussion dazu erregt die Gemüter. Und wie immer gibt es zwei Seiten mit Argumenten, die richtig oder falsch sind. Hätte ich gewusst, dass ich in das Thema demnächst tiefer hineingezogen würde, hätte ich besser zugehört.

So aber brechen Alex und ich auf. Gut gelaunt, abgefüttert und ein wenig angesäuselt. Es wird allmählich ruhiger in der Stadt. Wir haben beschlossen, bei mir den neuen Miet- und Arbeitsvertrag zu feiern und spazieren fröhlich dahin. Die Schuhe habe ich wieder in der Hand, denn den letzten Sturz spüre ich noch zu arg.

Plötzlich tauchen zwei Schatten vor uns auf.

Ich zucke zurück: Wildschweine?

Dann muss ich lachen. Sie sind etwa so groß wie eine Wildsau, jedoch schlanker und meist folgsamer. Neben dem braunen Jagdhund, der mich offensichtlich gerne unterwegs trifft, steht ein weiterer Hund. Die stolze Haltung kommt mir sehr bekannt vor.

»Rolof-Tido, du bist immer noch nicht daheim«, schimpfe ich ein bisschen, und er zieht den Kopf ein.

Wir wandern mit den beiden Hunden, die so tun, als gehörten sie zu uns, durch die Stadt bis zum Haus von Frau Wegner.

Ein völlig aufgelöster Herr Wegner, dessen Existenz mir gar nicht bewusst war, weil die Dame des Hauses so omnipräsent ist, öffnet uns.

»Na Gott sei Dank, der Rollo. Da wird sich das Frauchen aber freuen.«

Hat er auch ein Namensproblem, oder darf er aufgrund der familiären Nähe abkürzen? Er ruft nach seiner Frau, die wir heranschnaufen hören.

Ein gellender Freudenschrei lässt den Hund zusammenzucken, und uns schnell zurück auf die Straße treten.

Herr Wegner sieht uns freundlich lächelnd an.

»Da habt ihr nicht nur meiner Frau, sondern auch mir die Nacht gerettet. Ohne Rollo ist unsere Familie ja nicht komplett. Vielen herzlichen Dank.«

Nach ein paar Schritten frage ich Alex: »Denkst du, er liebt den Hund auch so wie sie?«

»Zumindest hat er ein enges Verhältnis zu ihm, wenn er den Namen abkürzen darf.«

»Oder sie konzentriert sich auf ihren Mann, sobald der Hund nicht da ist.«

»Du liebe Zeit, der arme Kerl. Dann liebt er den Hund ganz sicher ehrlich und von ganzem Herzen!«

Wir prusten beide los, als wir uns den Herrn Wegner als Lückenbüßer für die volle Breitseite an Aufmerksamkeit vorstellen. Kurz sehe ich die Medaille vor mir, wie sie um den Hals des Mannes hängt. Den Gedanken bis zu einer Skulptur weiterzuspinnen, schaffe ich dann nicht mehr, weil ich so lachen muss.

Vor der Schranne bleiben wir stehen, und uns fällt auf, dass der Jagdhund nach wie vor an unserer Seite ist. Er schaut zu uns auf und wedelt leicht mit dem Schwanz.

Wir gehen schweigend weiter. Er ebenso.

Vor der Treppe wechseln wir nochmals einen Blick – der Hund und ich. Ich sperre die Tür zum verwaisten Hundezubehörladen auf und hole einen Sack Trockenfutter. Gemütlich steigt er mit uns zur Wohnung hinauf, als sei es sein täglicher Weg.

»Ich muss der Traudl sagen, dass sie in den Mietvertrag noch ein Haustier aufnehmen soll«, murmele ich und stelle dem Hund ein Schüsselchen mit Wasser hin. Ein zweites mit Futter folgt.

Er frisst und trinkt, dann legt er sich, ohne zu zögern, in den Gang gegenüber der Garderobe, rollt sich zusammen und bettet sein hübsches Haupt auf seine Pfoten. Ein leises rollendes Schnaufen ist zu hören.

Alex schüttelt ungläubig den Kopf. »Was ist das eigentlich neuerdings mit dir und den Hunden?«

Ich hebe die Schultern.

»Keine Ahnung. Ich bin wohl auf den Hund gekommen.«

Ende

Krimi-Minnies zweiter Fall

Auch wenn die Verhältnisse nun geordnet scheinen, wird Minnies Leben keineswegs fad. Neben der Einarbeitung in den Hausmeisterjob und gelegentlichen Stadtführungen geht sie einmal pro Woche ins Altenheim. Und die Kati-Oma ist nicht die einzige, die Minnie auf Trab hält.

Die Wellen um einen Unfall zwischen einem Auto und einem Wildschwein schlagen hoch rund um Wasserburg. Denn die Gemüter erhitzen sich an der Frage: Was soll, muss oder darf man gegen die Wildschweinvermehrung tun? Dann werden eine tote Bache und ein ermordeter Jäger gefunden. Und ein Freund vom Gustl wird verdächtigt. Natürlich ist Minnie an Gustls Seite, wenn es darum geht, die Unschuld des Freundes zu beweisen. Dabei hat sie ganz andere Sorgen: Warum macht sich Alex so rar?

Und weil das zusammen noch nicht genug »Sauerei« ist, soll Minnie bei der Eröffnung eines Ladens helfen, in dem sich alles um ...

... Schweine dreht.

Background-Infos

Habe ich schon erwähnt, wie sehr ich Wasserburg mit seinen alten Mauern und Gassen liebe? Es war also kein wirkliches Opfer, dass ich vor und nach der Geschichte die Orte abgegangen bin, um alles nochmals zu überprüfen.

Wasserburg bietet über das Jahr verteilt viele Highlights: Neben Konzerten im Rathaussaal und Marktsonntagen an bestimmten Terminen gibt es den Taubenmarkt, »Wasserburg läuft«, das Frühlings- und das Nationenfest, das Weinfest, den Nachtflohmarkt, das Inndammfest, »Wasserburg leuchtet« und an den Adventswochenenden den Christkindlmarkt. Und natürlich jede Menge an Events im nahen Umkreis.

Und die Geschäfte, Restaurants, Cafés und Eisdielen sind ein wichtiger Teil der Stadt – nicht nur für den Gustl: die Wasserburger Markthallen, das Queens und der Stechl-Keller, die Bohnenrösterei Rechenauer und die Deliano-Backstube, der Bergmeister und die Schranne. Und viele mehr, die sicher in den nächsten Minnie-Geschichten ihren Platz finden werden.

Personen, die an diesen Örtlichkeiten oder um sie herum vorkommen, haben dazu keinerlei Bezug und sind frei erfunden.

Hier noch ein paar Infos zu Menschen, die so besonders sind, dass sie mich beeinflusst und meine Fantasie nicht mehr losgelassen haben:

Die Kati-Oma ist stark meiner Ach-Omi nachempfunden (»Ach, Kind, was machst du denn!«). Gnade Gott dem Enkelkind, das es wagte, während der Sportschau ein Wort zu sprechen. Meine Ach-Omi hat eine Firma, drei Kinder und in den Ferien neun Enkel »gemanagt«. Und abends waren wir mucksmäuschenstill, wenn sie – das Essener Ruhrpott-Original – den FC Bayern angefeuert hat. Später im Altenheim hat sie beim Skat die Pfleger abgezockt, und das Schnapserl nach dem Mittagessen musste immer sein. Trotz fleißigen Rauchens bis zum 91. Geburtstag hat sie der Lungenkrebs nicht erwischt. Sie fehlt mir heute noch.

Ilona habe ich bei einer Lesung kennengelernt. Ihre charmante, lebensbejahende Art, ihre Vielseitigkeit und auch ihr beeindruckender Hut haben mich so angesprochen, dass wir uns danach mehrmals auf einen Kaffee getroffen haben. Sie stand Pate bei Traudl (Sterndeutung) und Minnie (Stadtführungen mit Kollegin Irene Kristen-Deliano). Liebe Ilona, vielen Dank für deine offenen Erklärungen und deine Geduld bei der Ausarbeitung von Traudls Deutungen.

Näheres zu Ilona Picha-Höberth – psychologische Astrologin, Schriftstellerin, Erzählerin und Fotografin – auf www.picha-hoeberth.com.

Ich bedanke mich auch sehr bei Markus Steinmaßl, Dienststellenleiter der Polizeiinspektion Wasserburg. Er hat sich die Zeit genommen, mir Dienstgrade und Zuständigkeiten zu erklären. Der Gerhard aus der PI Wasserburg entstammt rein meiner Fantasie, aber ich weiß durch das nette Telefonat, wer Minnies Zeugenaussagen aufnehmen darf.

Habt ihr eine Minute Zeit?

Zunächst ein herzliches Danke an alle, die mein neues »Projekt« gelesen haben.

Niemals – wirklich niemals – wollte ich auf den Regionalkrimizug aufspringen.

Meine einzige Entschuldigung: Wasserburg hat mich inspiriert. Ich habe vier Kurzgeschichten für die Anthologien mit meiner Stammtisch-Crew, die Rosenheimer Autoren, geschrieben. Diese sollten im Chiemgau oder Inntal spielen. Und auf einmal waren sie da: zuerst die Toni, danach die Minnie und das Verbrechen in Wasserburg.

Wenn es euch gefallen hat, dann freue ich mich über ein kurzes Feedback. Am liebsten als Rezension, aber auch gerne über Social Media oder persönlich.

Die Sache mit den betrügerischen Downloads entspricht leider der Realität. Deshalb meine Bitte: Denkt an diejenigen, die euer Lesevergnügen erarbeitet und veröffentlicht haben, und gewährt uns den Lohn für unsere Arbeit. Denn weder meine Autorenkollegen noch ich empfinden illegale Downloads als Kavaliersdelikt.

Herzlichen Dank!

Bayrisch-hochdeutsches Glossar

Baaz = Matsch, Schlamm, Brei
Bisserl = bisschen
Busserl = Kuss
Dahin gehen, wo der Bartl den Most holt = den Schuh aufblasen
Ein bisserl neben der Spur = verwirrt
Einfach gestrickt = naiv
, *gell?* (Nachsatz) = , nicht wahr?
Goschn = Mundwerk
Grantig = böse, schlecht gelaunt
Gschau = Gesichtsausdruck
Gescheithaferl = Klugscheißer
gstandn = standfest, solide
Haferl = große Tasse
Herumpfludern = sich lebhaft (in der Luft) bewegen (Lose Federn, Vögel und eben Lebensgeister)
Herzkasperl = Herzinfarkt
Hundling = Dreckskerl, manchmal Hochachtung wegen Raffinesse
Es ist ein Kreuz = eine Belastung, ein Leid
In der Reißn haben = in der Mangel
Ratschkatl = Jemand, dem man besser kein Geheimnis anvertraut
Sandeln, auch tritscheln = trödeln
Sanka = Krankenwagen
Schmarrn = Unsinn
Speis = Lagerkammer, meist neben der Küche
Spezi = Freund, manchmal mit Wertung/Warnung (Komm du mir heim, Spezi!)
Spechten = spähen, heimlich gucken
Strietzi = durchtriebener Kerl

wepsert = unruhig (ein entsprechendes Thermometer gibt es natürlich nicht)
Wurscht = wenn es einem egal ist (Adjektiv) – das Metzgerei-Erzeugnis (Substantiv)
Verhunzt = verpatzt
Viecherl = Tier
Wief = listig
Ziach = (Zieh-) Harmonika

Und nachdem sich in dieser Geschichte so viel um Hunde dreht:
Auf den Hund gekommen: Früher ging es einem schlecht, wenn der Spruch zutraf. Heute bedeutet er meist, dass jemand zum Hundeliebhaber geworden ist.

Karte von Wasserburg

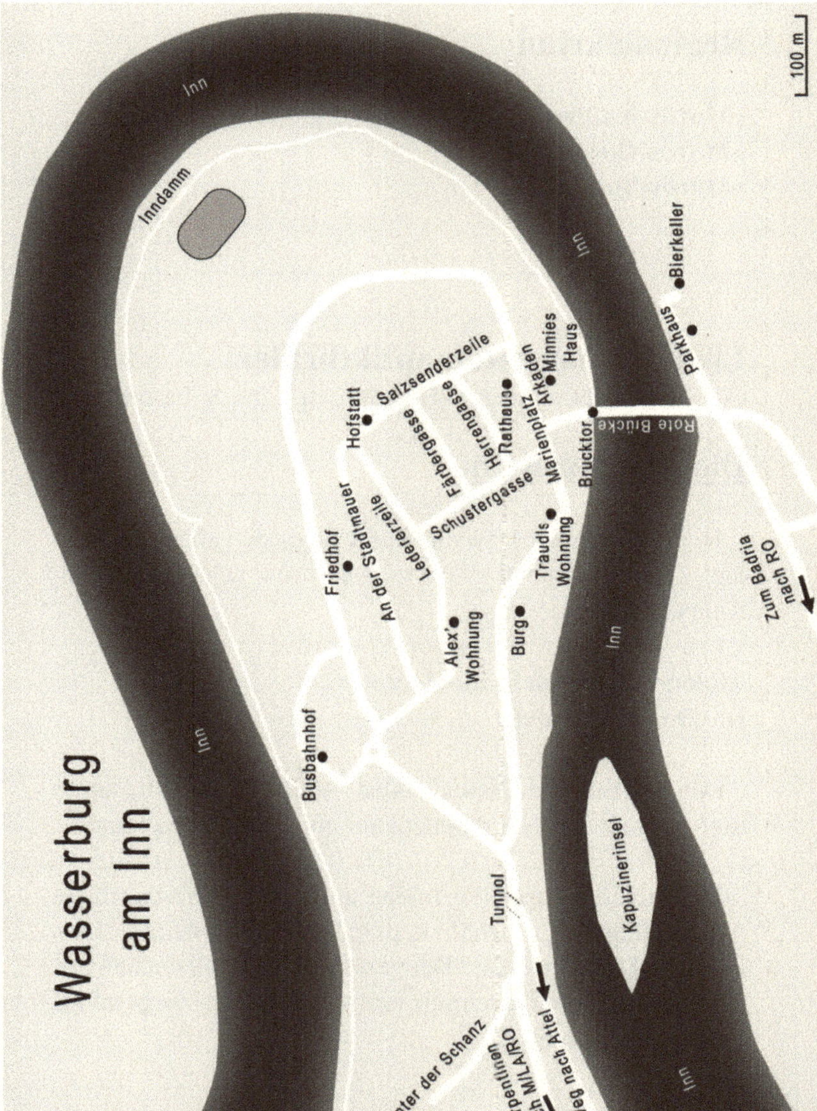

Weitere Bücher der Autorin

Regionalkrimi:

»Mords-Kaliber«, Band 2
»Mords-Goschn«, Band 3
»Mords-Suri«, Band 4

Liebesromane/Romantikthriller:

(Veröffentlicht unter dem Pseudonym Katie S. Farrell)

Die Dawson-Reihe

Jeder Roman der Dawson-Reihe ist in sich abgeschlossen und kann unabhängig von den anderen gelesen werden. Kein Cliffhanger!

»Jolene – Sehnsucht im Herzen«
Die Dawsons, Band 1

Den Mann vergessen oder stalken? Einfühlsamer Liebesroman mit Nervenkitzel auf einer modernen Ranch

Soll sich die attraktive Jolene auf eine leidenschaftliche Affäre einlassen, obwohl sie unter der unerwiderten Liebe zu Raine Dawson leidet? Der verschlossene Polizeichef von Boulder hütet ein Geheimnis und scheint keineswegs an ihr interessiert zu sein.

Jolene leitet eine Ferienranch, aber ein Mord und eine Gruppe Jugendlicher stellen ihr Leben mit einem Mal auf den Kopf.
Als Raine erkennt, dass der Mörder ganz in Jolenes Nähe ist, müsste er handeln! Doch berechtigte Bedenken halten ihn zurück. Ist Jolene damit verloren?

»Erin – Zauber der Insel«
Die Dawsons, Band 2

Fliehen oder lieben? Bewegender Liebesroman mit viel Nervenkitzel im geheimnisvollen Irland

Kinderpsychologin Erin folgt ihrem Traummann Josh auf die magisch scheinende grüne Insel, doch dort wartet nicht nur eine heiße Affäre, sondern auch ein Mord auf sie.
Josh Sinclair, Erbe eines Guts in Irland, erobert ihr misshandeltes Herz mit seiner Leidenschaft.
Kann Erin dem smarten Iren vertrauen? Denn ihr Liebhaber hätte einen guten Grund gehabt, diesen Mord zu begehen!

»Savannah – Lockruf der Freiheit«
Die Dawsons, Band 3

Spiel mit zu hohem Einsatz? Mitreißender Liebesroman mit viel Nervenkitzel im mondänen Denver

Mühsam erholt sich die kämpferische Savannah auf der Double-J-Ranch von ihrem Absturz in die Kriminalität. Ihre unsicheren Gefühle für Womanizer Riff Dawson bringen sie in Bedrängnis, als dieser als Tatverdächtiger in einem Mordfall verhaftet wird. Savannah flieht und genießt an der Seite des charmanten Hoteliers Eden in Denver ein neues Leben. Doch Riff setzt alles auf eine Karte, um Savannah zu erobern und zurückzuholen. Pokert er zu hoch um seine Liebe? Und wer versucht, ihm einen Mord anzuhängen?

»Magnolia – Sommer des Lebens«
Die Dawsons, Band 4

Stolz wärmt kein Herz! Sexy Liebesroman mit viel Nervenkitzel und Südstaatenflair

Die rassige Magnolia Dawson, genannt Nola, hat aus verletztem Stolz den Mann vertrieben, der ihr Herz im Sturm erobert hat. Nun will sie ihn zurück. Deshalb folgt sie Ex-Marine Jake bis in die geheimnisvollen Sümpfe der ehemaligen Südstaaten, ins verführerische New Orleans – und damit mitten in einen Mordfall. Jakes Familie braucht Nolas Unterstützung, und so bleibt ihr nicht viel Zeit, Jake von ihren leidenschaftlichen Gefühlen zu überzeugen. Bekommt ihre Liebe rechtzeitig eine zweite Chance? Denn der Mörder erkennt, dass die Dawson-Schwester seinen heimtückischen Absichten im Weg steht.

»Lana – Auf gefährlichen Pfaden«
Die Dawsons, Band 5

Adrenalinkick oder echte Gefühle? Heißer Liebesroman mit nervenzerfetzender Spannung mitten im wilden Nirgendwo

Die eigenwillige Polizistin Lana begleitet eine Urlauberfamilie durch die Wildnis Colorados als Schutz vor einem entflohenen Serienkiller. An ihrer Seite ein attraktiver Surferboy: der ehemalige Adrenalinjunkie und jetzige Tourguide Finn.

Als der heimtückische Psychopath Jagd auf die Gruppe macht, müssen die ungleichen Abenteurer Zusammenhalt lernen. Zu allem Überfluss bricht der Winter zwischen reißenden Flüssen und hohen Gipfeln über sie herein.

Eine ungünstige Zeit, um über prickelnde Gefühle nachzudenken, doch Finn fasziniert Lana mehr, als ihr lieb ist!

Gewinnt Finn Lanas Vertrauen, oder scheitert er durch seine Art, der Gefahr zu begegnen? Das Überleben aller hängt davon ab!

»Darcey – Intermezzo Liebe«

Die Dawsons, Band 6

Heiße Affäre oder Stockholm-Syndrom? – Sexy Liebesroman mit viel Nervenkitzel auf einem Roadtrip durch Irland

Geigerin Darcey platzt bei einem Pubbesuch nach einem Gig in der Nähe von Dublin in die Planung eines bösartigen Verbrechens. Eigentlich spielt Musik die erste Geige in ihrem Leben, doch nun trifft sie auf einen faszinierenden Mann, der ihre Welt auf den Kopf stellt. Nach kürzester Zeit findet sich Darcey mitten im gefährlichen Chaos und der Leidenschaft wieder.

Sie könnte sich aus der riskanten Situation retten, aber was geschieht dann mit Pubbesitzer Ciaran, der die größte Gefahr für sie bedeutet?

Ist Verrat ihr einziger Ausweg?

Weitere Liebesromane:

»Tausche Traummann gegen Liebe«

Besessenheit bis zum Mord – Berührender Liebesroman mit viel Nervenkitzel

Frankokanadierin Samantha de Montfort hat ihre Lebensplanung auf den gutaussehenden Charmeur und angehenden Diplomaten Dan ausgerichtet. Den Traummann zu heiraten und Journalistin zu werden, sind ihre einzigen Ziele. Völlig unerwartet angelt sich eine Rivalin den begehrten Mann, und Sammy startet ihre Karriere in Montréal, der Metropole mit dem französischen Flair, deshalb unglücklich und einsam.

Sammys Chef und High Society-Mitglied Alexandre ist gerne bereit, sie zu trösten – ebenso wie ihr Kumpel, der junge Staatsanwalt Larry. Doch gerade, als sie sich in der wunderbaren Stadt zuhause und glücklich fühlt, holt sie die Vergangenheit ein. Nach einem Mord ganz in ihrer Nähe wird klar, dass nicht nur der Tod eines Kindheitsfreundes mit ihr selbst zu tun hat! Und genau in dieser beängstigenden Zeit steht überraschend ihre Jugendliebe wieder vor ihrer Tür. Der Zeitpunkt macht Sammy misstrauisch.

Hat Dan etwas mit den Verbrechen zu tun, oder gibt es einen anderen, der für ihre Zuneigung sogar mordet?
Sammy weiß, sie muss nicht nur den Täter finden, sondern auch ihre wahre Liebe.

»Vertraue mir«

Bedeutet Erinnerung das Ende? – Bewegender Liebesroman mit viel Nervenkitzel

Der einsame Bergwerksbesitzer Gabriel Bennett ist gerade noch einem Mordanschlag entgangen. Ein Schneesturm zwingt ihn, mit der faszinierenden Attentäterin in einer Hütte in den Rocky Mountains zu bleiben. Obwohl diese weder ihre eigene Identität noch den Grund für ihre Tat kennt, verliert er sich mit ihr in einer leidenschaftlichen Affäre.

Gabe will der schönen Fremden gegen alle Vernunft vertrauen, und tatsächlich erblüht nach ihrer Rückkehr in die Weinberge des Napa Valley, eine tiefe Liebe.

Es gibt jedoch jemanden, der mehr über die Vergangenheit der jungen Frau mit dem militärischen Hintergrund weiß als sie selbst. Denn der Todesfall, der ihre Welt vor über einem Jahr erschütterte, war allem Anschein nach kein Unfall. Und ganz oben auf der Liste der Mordverdächtigen steht Gabe.

Viel Zeit zum Nachforschen bleibt dem Paar nicht, weil ein Unbekannter gezielt Jagd auf die beiden macht.
Was verschweigt Gabe, der seine Geliebte nicht verlieren möchte? Und was wird geschehen, wenn sie sich endlich an den Grund erinnert, warum sie ihn töten wollte?

Fantasy-Liebesromane:

(Veröffentlicht unter dem Pseudonym Ainoah Jace)

Die Sternenflut-Trilogie

Vertrauen ist gut, List ist besser! Komplexe Fantasy-Saga inmitten der griechischen Mythologie von Weltenbauerin Ainoah Jace

Cassians leidenschaftliche Gefühle für eine verführerische und unberechenbare Nixe erschweren die Reise zu einer Versammlung, auf der zornige Götter und Sternenwächter über das Schicksal der Menschheit entscheiden werden. Sie übertragen Cassian eine Aufgabe, die ihn zwingt, sich mit seinen Gefährten auf eine gefährliche Suche aufzumachen. Bald schon begreift er, dass jemand ein böses Spiel mit ihm treibt.

»Die Reise«
Sternenflut-Trilogie, Band 1

Der Flusshändler Cassian, in dem weit mehr steckt, als er zugibt, hat einen gefährlichen Weg vor sich. Ist die kapriziöse Mirja wirklich auf seiner Seite? Nixen sind verführerisch, aber man sollte ihnen nicht trauen!

Hat die leidenschaftliche Verbindung zwischen Mensch und Wasserwesen wirklich eine Zukunft?

»Die Suche«
Sternenflut-Trilogie, Band 2

Die Sternenwächter haben dem verliebten Cassian eine möglicherweise unlösbare Aufgabe übertragen. Die Suche nach drei wichtigen Personen führt ihn aus den heimatlichen Flusslanden auf das offene Meer und mitten unter mächtige Feinde.

»Die Prüfung«
Sternenflut-Trilogie, Band 3

Flusshändler Cassian ist mit den Menschen, denen er das Bestehen der Götterprüfung zutraut, auf dem gefährlichen Weg zum Austragungsort, der Arena von Olytaurus. Dort muss er feststellen, dass die Prüfungen nicht nur alles von seinen Auserwählten fordern – sondern auch von ihm, der so kurz vor der Erfüllung seiner Träume steht.

Kann Cassian seine Auserwählten überreden, die Gefahren einer Prüfung auf sich zu nehmen?

Die Traumwandlerin-Saga

Welten voller Gefahr und Hoffnung! – Fesselnde und traumhafte Fantasy-Saga

Nell leidet seit Langem unter Alpträumen, und ihr »Traumwandeln«, bekommt in den fantastischen Welten, die sie durchreist, einen gefährlichen Sinn. An ihrer Seite: Ihr Verlobter Shane, der in dem Mädchen widersprüchliche Gefühle weckt, obwohl sich die beiden nicht leiden können.

Die Zeit drängt, der Vollmond naht! Welche Kreaturen wird Eiskönig Shahatego auf die Traumwandlerin und ihre Freunde hetzen, um die Rebellion zu beenden?

»Rebellen«
Die Traumwandlerin-Saga, Band 1

Ausgerechnet die Schwarzen Reiter entführen die schüchterne Nell, als sie vor ihrem missmutigen und untreuen Verlobten Shane flieht. Doch damit bringen sich die Kämpfer der geheimen Rebellion gegen den grausamen Eiskönig Shahatego selbst in tödliche Gefahr.

»Jäger«
Die Traumwandlerin-Saga, Band 2

Die Rebellen wissen nun, dass Nell die Letzte in einer Reihe von Traumwandlerinnen und stets auf der Suche nach den vier Schlüsseln zu Shahategos Brücke ist. Mit diesen könnte sie die Macht des Eiskönigs brechen, der deshalb die Jagd auf das Mädchen eröffnet.

Im Dschungelreich Djamila scheint die Rebellion jedoch am Ende angekommen zu sein, denn die Amazone Zafira zeigt kein Interesse an einem Bündnis.

»Gejagte«
Die Traumwandlerin-Saga, Band 3

Die Anführer der Rebellion sitzen hinter Gittern, deshalb starten Nell und Tiger eine spektakuläre Befreiungsaktion.

Das Auffinden des letzten Schlüssels durch die Traumwandlerin kann der Eiskönig ebenfalls nicht verhindern, doch dabei bringt er Nell in seine Gewalt. Eisgeister beginnen, das Mädchen in ein Geschöpf Shahategos zu verwandeln.
Shane steht mit einem Mal vor der grausamen Wahl zwischen Nell und dem Sieg der Rebellion!

Beretar – Expedition in verborgene Welten

Eine starke Frau auf direktem Weg in die Gefahr – Dystopische Fantasy in zwei Bänden

»Terra Obscura«
Beretar, Band 1

Nichts reizt den attraktiven, zynischen Fürstensohn Naim mehr als die kaltblütige Admiralin der Luftschiff-Flotte. Doch Talin liebt nur ihren Job. Bei einer waghalsigen Expedition in unbekannte dunkle Schluchten muss sie sich mit Naims Begleitung und einem eigenwilligen blinden Passagier abfinden.

So kämpft sie nicht nur gegen die flammende Gefahr aus dem Dunklen Tor, sondern auch gegen die Ablenkung durch einen Mann, dem nichts ferner liegt, als sich der faszinierenden Frau unterzuordnen.

Kann der junge Wissenschaftler Elion seinen Wert für die Expedition beweisen? Und wer sind die Wesen, die furchtbar zugerichtet aus den Flammen kommen?

»Porta Caelesta«
Beretar, Band 2

Nur ein mutiger Schritt des Fürstensohns konnte Talins Leben retten. Nach ihrer gemeinsamen Flucht ergibt sie sich der Leidenschaft für Naim und liebt das erste Mal aus tiefstem Herzen. Doch die beiden sind auf der Himmelsscholle nicht sicher. Jemand spielt in dieser Idylle ein grausames Spiel mit den seltsamen Bewohnern und auch mit ihrem Heimatplaneten Beretar.

Die Chance auf Rettung endet für die Liebenden in einer tödlichen Falle, und auch die Mission ihrer Freunde auf den Airballoons gerät in höchste Gefahr.

Wer ist der wirkliche Feind Beretars? Kann die dunkle Magie, die hier am Werk ist, von Menschen aufgehalten werden, oder weiß der schlaue Elion eine Lösung?

Das Buch der Zaramé

Die Krone & Feuer Fantasy-Trilogie

Eine Hexe und ein Krieger suchen nach der Vergangenheit – Romantische und spannende All Age Fantasy-Saga

»Dunkle Prophezeiung«
Das Buch der Zaramé, Band 1

Die temperamentvolle junge Zaramé und der Krieger Niall sind auf der Suche nach den fehlenden Seiten eines Buches voller fantastischer Erzählungen ihrer Vorfahren. Ist das Buch vollständig, bedeutet es die Rettung des mittelalterlichen Landes Erimalia.

Als sich Zaramé mit dem Tyrannenherrscher Nozak anlegt, wagt sie viel. Denn er ahnt, wer sie wirklich ist: eine Hexe, deren Eltern ihm in der Vergangenheit gefährlich wurden und die dafür teuer bezahlen mussten.

»Fluch über Kaligor«
Das Buch der Zaramé, Band 2

Niall bleibt nach der Befreiung aus dem Kerker nur die Flucht aus Kaligor. Er hat keine Wahl und muss Zaramé zurücklassen, um seinen eigenen Weg zu gehen. Doch die junge Hexe sucht sich wehrhafte Verbündete der ganz anderen Art. Und während ihre magischen Fähigkeiten zunehmen, zeigt Prinz Karim sein wahres Gesicht.

»Krieger und Drachen«
Das Buch der Zaramé, Band 3

Für die Liebe bleibt Zaramé und Niall nicht viel Zeit. Finden sie den Drachen nicht bald, ist der näher rückende Feind übermächtig. Auf der Suche nach weiteren Seiten des Buches entdecken sie in den Totensümpfen unter dem Vulkan Fürchterliches. Kann Zaramé das Rätsel um ihre und Nialls Herkunft rechtzeitig lösen?

Informationen und Kontakt

Weitere Informationen zur Autorin, zum Blog, Leseproben, Downloads und Kontakt:

monika-nebl.de
facebook.com/MonikaNeblAutorin
twitter.com/NeblMonika
instagram.com/monikanebl.autorin